IDENT FICTIONS

Herausgegeben von POEM

Sonderzahl

Vorwort

Die in diesem Buch versammelten Stimmen sprechen verschiedene Sprachen, aber sie fragen alle dasselbe: Was markiert diese Zeit, in der wir leben? Wohin geht die Reise?

Schreiben findet stets im Exil eigener Vorbehalte statt, als hätte uns eine Sintflut in Platons Höhle getrieben. Dort imaginieren wir, wie die Welt aussieht, nachdem sich das Wasser verzogen hat und Noah sesshaft geworden ist. Unsere Vorfahren, die Höhlenmenschen von Lascaux, warfen ihre Blicke an die Wand und schufen Götter der Jagd, der Fruchtbarkeit und Langeweile. Was tun wir? Wir werfen uns selbst an die Wand. Unsere Wände sind Monitore, unsere Götzenbilder Memes. Können wir neue Götter erschaffen? Wie denken wir uns das Licht der Zeiten?

Aus der unterirdischen Höhle düsen wir in eine nachmenschliche Zukunft, wenn nur noch ein

Space-Mausoleum übriggeblieben sein – und sich ausgerechnet dieses Buch – Zufall aller Zufälle – als letztes Zeugnis überhaupt erweisen könnte.

Was schrieben wir einst darin? Repräsentierten wir hier so etwas wie eine literarische Momentaufnahme für außerirdische Populationen? Eine Message ans universale Du, das ewig Unbekannte, das Mysterium des Seins? Nein. Für uns gab es diese Repräsentationen der Menschheit schon nicht mehr. Wir lebten im Jahre Hundert nach. Weißer Mann und weiße Frau würden nicht mehr wie in der Pioneer-10-Himmelsbotschaft als Abgesandte der Menschheit abgebildet. Doch auch farblos wären sie nicht.

Als literarische Gruppierung, die sich ins Migrationsportal teleportieren ließ, um Unheil anzurichten, mussten wir erkennen, dass unsere Kulturnischen in Auflösung begriffen waren. Nichtmuttersprachlichkeit war genauso eine Normalität wie der Genderpluralismus und das Bewusstsein, dass wir längst mit nichtmenschlichen Wesen verbunden waren. Wir spielten mit Algorithmen, und Algorithmen spielten mit uns. Lust war warenförmig. Und Liebe verging sich an der Zeit. Identitäten waren Vergewisserungen über den Weltzustand, über die Zukunft, über unsere großen und kleinen Vermutungen, persönlichen Karambolagen, über die ausufernde x-Losigkeit, über den drohenden Untergang, über das Dasein als Kapital, über das Bit Muse, das wir Jetzt nannten. Melancholisch schlugen die Herzen vergangener Tage. Oder war es Zähneklappern?

Zoran Terzić im Namen von POEM
Berlin, Februar 2023

Männer
Cumshot
Rindsledergürtel
Schambekämpfer
Familie
hardboiled
Grandhotel

Lebensleistung

Anke Stelling

Etwas Bleibendes schaffen. Erinnert werden. Wichtig sein. Die Große Erzählung. Der Sinn unseres Daseins.

Persönliche Entwicklung versus Beharren auf Erprobtem. Familie oder Karriere, Liebe und Ökonomie. Das wieder enger werdende Leben im Alter, die Übergabe an die nächste Generation. Wer hat das Sagen und gegenüber wem?

Gerne die Sicht der Männer erzählen oder gar aus der Sicht der Männer erzählen. Ich kann das, ich hab mich nicht nur mein Leben lang in männliche Hauptfiguren hineinversetzt, ich hab auch mein Leben lang versucht Männer zu lesen, zu verstehen, zu wissen, was sie fühlen und denken, ohne dass sie es mir sagen, damit ich mich dann entsprechend verhalten kann. Um sie zu halten. Sie mir zu erhalten, in all ihrer Pracht.

Ich habe meinen Vater geheiratet, wie's ja angeblich alle tun auf irgendeine Weise.

Die Weise, wie mein Mann mein Vater ist, ist vor allem die Art, wie ich ihn behandle: Ich fasse ihn mit Samthandschuhen an. Ich gebe Acht, dass es ihm gut geht, er gut gelaunt ist, er mich mag. Manchmal nicht, manchmal bin auch störrisch, beleidigt, verbittert ... Aber nur wenn er ganz klar was falsch gemacht hat, das ich ihm nachweisen kann.

Wer diesmal alles mitspielt: eine gewisse Anzahl von Männern, alle meine Freunde und Ex-Freunde und Väter und Nenn-Väter, die Väter der Freunde und Freundinnen sowie die Freunde und Männer der Freundinnen. Jörn natürlich, Otmar, Aurel Irion vielleicht, Wolf und der Wolf, Peter und der Wolf, Peter Grundmann. David Grottendieck? Wenn, dann nur als Randfigur. Wer in ist und wer uninteressant, bestimme ich, sorry. Wieder einmal ist das Leben und Sterben im Roman absolut ungerecht. Man* kann sich bewerben vorzukommen, und manche Leute haben sich extrem angestrengt im echten Leben, um im Roman eine Rolle zu spielen, Martin Rodefeld zum Beispiel. Dennoch wird er vermutlich seinen Anwalt anrufen, wenn ich ihn hier mit Klarnamen nenne, deshalb tu ich das nicht. Aber er weiß ja, dass er es sein muss.

Andere haben auch einiges getan, um Nennung und Vorkommen zu sichern, vielleicht nicht bei mir, aber überhaupt. Ich selbst zum Beispiel. Ich habe eine Menge getan, um endlich vorzukommen, und wozu nutze ich jetzt meine Berühmtheit? Um wieder zurückzutreten hinter irgendwelchen Figuren, noch dazu alles Typen, kann das denn sein?

Ja, das kann sein, das ist die Möglichkeit, eine unter vielen, dafür habe ich gesorgt: endlich die Wahl zu haben. Ich habe inzwischen die Wahl und deshalb auch die Qual, ich habe die Macht und mit der kommt Verantwortung, das wisst ihr. Wer ihr seid, muss ich übrigens auch noch klären. Gott, was muss ich alles klären, bevor ich überhaupt anfangen kann, aber meine Erfahrung sagt, es ist gut, so viel wie möglich im Vorhinein zu wissen, sonst muss ich hinterher wieder die Hälfte wegschmeißen, weil sie nicht passt und das Ganze nicht durchdacht war, sondern nur Laune und Tagesform und täglich etwas Neues. Und das ist dann zu viel. Das könnt ihr gar nicht mitmachen, lesend, denn ihr seid vielleicht Fans, vielleicht auch geübte Zuhörer*innen, neugierig auf alles und jeden, aber auch ihr habt eure Grenzen und noch anderes zu tun. Wollt euch wiederfinden – aber nicht zu sehr. Wollt vorkommen – aber nicht mit Namen. Wollt mal was anderes – aber auf die altbekannte Art. Ihr langweilt euch jetzt schon, ihr habt das alles schon mal gehört, ihr wollt lieber etwas Neues haben, etwas Geiles. Das auf etwas beruht, das jemandem* wirklich was bedeutet, man* merkt den Sachen an, ob sie wichtig sind für die Macher*innen, und deshalb mach ich, was ich will, denn nur dann hat's das Potenzial, dass ihr es auch wollt. Und dass dieses Vorgehen wiederum berechnend ist, vergess ich ganz schnell, ich vergesse diese Vorrede und ihr auch, das Kunstwerk braucht keine Einführung, oder anders gesagt, ist das Vorspiel schon Teil des Akts. Das Einführen ist was vom Schönsten, fühlt sich jedes Mal wieder neu und aufregend an. Als hätte man's nicht schon tausendmal erlebt!

[hinter alldem wahrscheinlich eine Sexszene]

Man* muss furchtbar aufpassen, wer und vor allem warum eine Figur in einem Roman vorkommt.

[hier eine Penetration]

Kann sein, man* will sich an ihrem realen Vorbild rächen, weil einem* in der realen Welt Unrecht getan wurde. Das ist eine dumme Idee. Erstens, weil Rache ein schlechter Ratgeber für schöne Literatur ist (hat Virginia Woolf gesagt), und zweitens, weil man* sich lieber in der realen Welt an den Leuten rächen sollte, die böse zu einem* waren (sage ich). Rächt man* sich in der Literatur, wissen alle, die halbwegs bei Verstand sind, dass das nicht echt ist, sondern nur aufgeschrieben. Deshalb soll man* aber möglichst auch keine Figur wählen, um sie zu rehabilitieren, um um Verständnis für sie – also ihre Vorlage – zu werben oder sich ihr freundlich anzudienen. Das funktioniert genauso wenig, zumal man* für die Rehabilitierung gerne sich selbst wählt. Wählt man* nicht sich selbst, dann in der Regel, um offenkundig nicht sich selbst zu wählen, sondern lieber jemand* weit Entferntes, schwer zu Recherchierendes, Humboldt oder Hitler oder sonst einen Helden der Geschichte, oder eine Antiheldin, der man* damit lobenswerterweise ein Denkmal setzt. Gelobt von Leuten, die sich freuen, wie unglaublich weit entfernt sie doch sind von dieser aschblonden Bullenbesamerin aus dem längst abgewickelten LPG-Rinderstall in der Nähe von Rotzlow.

[Bilder von Humboldt,
Hitler und den Abgehängten]

Wer anfangen will, einen Roman zu schreiben, muss sich zuallererst von allem Möglichen befreien.

[cumshot]

Wirklich, das ist so, bei allen. Und deshalb ist es kein Grund, sich zu schämen und diese Befreiungsleistung zu verschweigen. Ich kann noch seitenweise darüber berichten, ganz ohne Scham. Zwar finde ich es seltsam, dass ich mich nur dann nicht zu schämen brauche, wenn es allen so geht und alle es so machen, und ich bin auch nicht sicher, ob das stimmt, denn es gibt Unzähliges, wofür alle sich schämen, obwohl alle es tun, aber der Hinweis gilt nun mal als Schambekämpfer Nummer eins. Alle müssen kacken und haben irgendwann schon mal gepupst, also sei unbesorgt, wenn du es auch tust. Andere Jugendliche haben ebenfalls Haare an bisher unbehaarten Stellen bekommen, wirklich, glaub mir, das ist vollkommen normal. Für dich ein bisschen ungewohnt, ja, doch das geht mit der Zeit vorbei. Werde so alt und erfahren wie ich, dann schämst du dich für gar nichts mehr. Also. Indem ich mich hier in meiner ganzen Bedürftigkeit und Unsicherheit zu erkennen gebe, helfe ich mir und uns allen. Seid nachsichtig, seid nett zueinander und vor allem zu mir, aber verwechselt das nicht mit Gleichgültigkeit, denn es gilt immer noch: Kunst ist Kunst – oder sie ist Scheiße. Und was das hier wird, steht noch nicht fest.

[Black]

[Pause]

Es war darum gegangen, gesehen zu werden, ziemlich früh schon. Ziemlich früh schon war es vor allem darum gegangen, nicht allein zu sein mit sich und seinem Zeug.

Manches konnte man allein am besten, aber für mehr als manches musste man zu mehreren sein, mindestens zu zweit. Deshalb war es darum gegangen, geliebt zu werden, aber auch da war wichtig, von wem genau und von wievielen. Die, die einen liebten, waren vielleicht nicht die richtigen oder doof – zum Beispiel deshalb, weil sie einen liebten.

[Special People Club aus
Willkommen im Tollhaus]

Erzählt wird eine Familiengeschichte, wobei der Familienbegriff wahrscheinlich ziemlich weit gefasst sein wird. Erzählt wird, wie jede*r Einzelne das Ziel des guten Lebens verfolgt und es abwechselnd trifft und verfehlt. Erzählt wird von der Liebe, dem Wunsch nach ihr, dem Streben nach ihr, dem Versuch, sie zu leben und festzuhalten – wo sie doch aber ein Gefühl ist. Oder? Was ist sie? Vielleicht sollte ich endlich mal Erich Fromm lesen.

[12–20 Instagramkacheln mit der Kunst
des Liebens vor blühendem Kirschbaum]

Ich könnte auf Figuren zurückgreifen, die es schon gibt. Dann muss ich die nicht extra erfinden, und die Fans können sich freuen, dass sie was wiedererkennen.

Alle gehen los und regeln ihr Liebes- und Familienleben irgendwie. Das Ich, das ich bin, ist mit Ende zwanzig relativ früh dran mit dem Kinderkriegen – für eine Akademikerin zumindest –, aber der Typ, der ursprünglich der Vater meiner Kinder werden sollte, war gerade fünfzig geworden und hatte eine veritable Midlifecrisis. Er wollte alles neu beginnen und anders machen als bisher, und ich wollte auch beginnen, mit der Familiengründung, weil ich das Studium fertig hatte und nicht wusste, was ich jetzt damit anfangen soll. Ich hatte also auch eine Krise – den Begriff Quarterlifecrisis kannte ich damals noch nicht, der war gerade erst erfunden worden in den USA, aber natürlich war es eine solche, weil es ja nicht reicht, ein Studium zu machen und dann die dazu passende Karriere, nicht für mich, und für Frauen vielleicht sowieso nicht. Die biologische Uhr tickte, es musste auch das Privat- sprich Familienleben weitergehen und zu irgendwas Lebenswertem sprich Vorzeigbarem werden, viel zu lange schon hatte ich versucht, mein Liebesleben in den Griff zu bekommen sprich den zu bekommen, in den ich verliebt war, und mit dem dann auch klarzukommen und irgendwie glücklich zu werden. Das hatte mich erschöpft und am Ende nicht geklappt, jetzt musste es aber mal klappen, was sollte sonst aus der Familie werden, die ich zu gründen hatte, aus meiner Mutter- und Partnerinnenschaft? Die Geschichte ist eine vollkommen verkehrte, verpeilte Emanzipationsgeschichte.

[Ein lächelnder Fünfzigjähriger mit Krähenfüßen, Bernd? Philipp? Wolf? der Professor?]

Die älteren Männer waren nicht mehr eklig, also, schon noch, doch inzwischen schien es erträglich. Würde der Verbindung nicht im Weg stehen. Also, schon noch, doch würde der Ekel sich irgendwie überwinden lassen. Es waren inzwischen Kompromisse möglich – und auch nötig, denn das Leben war nicht endlos, die Zeit lief und das Angebot schrumpfte. Der ältere Mann war im Angebot. Ihm wuchsen Haare aus den Ohren und Pinselwarzen im Nacken, sein Bauch war im Weg und seine Zähne vermutlich nicht mehr echt – sowie umrahmt von gelblichen Ablagerungen. Aber was halfen weiße, saubere Zähne und unbehaarte Ohren, wenn sie entweder nicht im Angebot waren oder nur im Verbund mit Wankelmut, Armut und Hochmut? Dann doch lieber die relativ abgesicherte Mutlosigkeit der Midlifecrisis, gegen die man selbst das Heilmittel war.

Sie ist Ende zwanzig, sie ist tough, sie ist selbstbestimmt, sie will mitmachen bei den Jungs. Will alles machen können und dürfen, was die auch können und dürfen – und zwar tatsächlich, nicht nur theoretisch. Das jedoch entweiblicht sie und macht sie als Partnerin unattraktiv, egal, wie attraktiv sie ist. (Wenn sie dann auch noch irgendwie groß oder dick oder sonstwie nicht püppchenhaft ist, wird's noch schlimmer.) Was nicht heißt, dass sie nie einen Partner hat Aber im Grunde ist sie der Kumpeltyp, jedenfalls nicht das andere, anbetungswürdige, beschützenswerte Wesen. Sie will sich selbst beherrschen. Sie hat nicht kapiert, dass sie eine Frau ist, eine Frau im Patriarchat.

Sie ist Schriftstellerin und Drehbuchautorin. Ihr ist gar nicht bewusst, dass sie die ganze Zeit für Männer schreibt. Dass sie Sachen schreibt, die Männer cool finden, hardboiled, knapp, so wie Raymond Carver, Ernest Hemingway, Dashiell Hammett. Sie schreibt sogar männliche Hauptfiguren. Oder weibliche Figuren auf die gnadenlose Art. Überhaupt mag sie alles Ironische, in dem der Schmerz nur ab und zu aufscheint. Sie mag Western. Sie ist selbst ein Cowboy, ein einsamer Wolf – vielleicht nicht in ihrer Lebens-, aber in ihrer Betrachtungsweise. Ihr kann keiner was vormachen. Sie hat das Spiel durchschaut und ihre Sehnsüchte im Griff. Sie trägt Boots und Rindsledergürtel.

Irgendwann ist sie mit dieser Art dann allerdings am Ende. Ihre Kinder, wenn sie überhaupt welche hat, finden sie nicht witzig. Ihr Mann hat sie für eine Jüngere (Sanftere? Weiblichere? Nachsichtigere? Romantischere?) verlassen. Die Jungs sind neidisch auf ihren Erfolg – was weder für den Erfolg noch für die Jungs spricht, denn er ist äußerst überschaubar und sie haben's einfach zu genau gar nichts gebracht.

Vielleicht sind die Typen, die sie für klug hielt, gar nicht klug. Aber wie konnten sie dann so mächtig werden? Wirklich nur, weil sie Typen sind? Ja, verdammt, kann sein. Vielleicht war sie in ihrer ihr unbewussten, geschlechtsabhängigen Ohnmacht viel klüger, hatte mehr durchschauen und erfühlen müssen, ständig zwei Seiten einbeziehen in ihr Denken und es dadurch zumindest zweidimensional gemacht. Wohingegen die Typen problemlos dumm bleiben und dennoch etwas werden konnten, siehe das eindimensionale Denkvermögen eines Martin Rodefelds. Der übrigens auch sehr gerne Künstler wäre, oder zumindest als solcher gelten. Deshalb hasst er sie, die jetzt Künstlerin sein darf. Ein Künstler-Etikett bietet Schutz und Erklärung, kaschiert offenkundige Schwächen, wandelt sie in Stärke um. Schlechter oder gar kein Vater = (Lebens-)Künstler. Kein Geld = Künstler. Keine Karriere = Künstler. Kein Streben nach Macht und Männlichkeit = Künstler. Selbst der Großkünstler, der dann doch mächtig und erfolgreich ist, darf körperlich ein bisschen schmaler und geistig ein bisschen empfindsamer sein und muss nicht unbedingt Sport machen. Wobei Martin nicht unsportlich ist, das hab ich nicht gesagt. Ich hab ihn sogar mal beim Joggen getroffen. Das Ganze spielt und joggt erneut im sogenannten Selbstverwirklichungsmilieu. Alle studieren Kunst oder Geisteswissenschaften oder machen Musik oder Film. Wie man's dabei und damit zu etwas bringt, was überhaupt etwas ist, das weiß niemand. Das zeichnet sich irgendwie ab. Die Heldin ist eine ehrgeizige Person, die auf Teufel komm raus ihr Glück machen will. Sie macht Sachen. Sie trifft Leute und Entscheidungen. Sie schreibt und versucht ihre Texte zu verkaufen; dauernd versucht sie, Leute davon zu überzeugen, dass ihre Sachen gut sind, dass sie gut ist: vielversprechend, aufregend, verfilmens- und begehrenswert. Das ist sehr anstrengend. Aber lustig auch, wie sie zum Beispiel an der Seite einer sexy Schauspielerin in der Lobby des Westin Grandhotels in der Friedrichstraße einen Produzenten trifft, um ihm einen Samenraub-Stoff, der in Afrika spielt, zu verkaufen. Oder an der Seite einer exzentrischen Regisseurin in der Lobby des Hyatt Grandhotels am Potsdamer Platz eine Redakteurin trifft, um sie für einen Inzest-Stoff zu begeistern, der abwechselnd im Plattenbau und am Bolschoi-Theater spielt. Was macht sie dauernd in diesen Grandhotels? Ist sie keine Intellektuelle? Doch, und das ist auch lustig. Wie sie im Brecht-Haus auf dem Peter-Weiss-Podium sitzt und ihr ehemaliger Literaturprofessor ihr Prügel androht, weil sie sich beschwert, dass er ihr beigebracht hat, auf die handlungsreiche Art zu schreiben, während er eigentlich Prosa liebt, die sich über vierzig Seiten der Betrachtung eines Kunstwerks widmet. Irgendwas macht sie falsch – oder richtig, das liegt im Auge des Betrachters. Jedenfalls ist sie dabei. Auch dann noch, als sie's eigentlich nicht mehr kann, wegen haufenweise Hindernissen, Haus- und Carearbeit zum Beispiel. Sie tut einfach so, als sei diese Arbeit ganz besonders cool, sie ist sehr geschickt im Umdeuten. Ihre Familie ist jetzt einfach ihr Stoff, und alles, was sie tun muss, ist Recherche. Sie kennt sich aus. Jetzt eben auch mit lebendig oder totgeborenen Babys, allen möglichen Sorten Vätern und Schwiegermüttern, Mitmüttern, Kita- und Horterzieherinnen, Landeselternverbandsvorsitzenden und was es sonst noch an illustren Gestalten gibt. Die kann sie alle verwenden. Damit ist sie kinderlosen Kolleg*innen weit voraus. Man* muss nur wissen, wie man* dieses Wissen einsetzt: auf die coole, sexy, ironische Art. Genauso wie die Jungs. Dann muss, dann wird es ihnen doch gefallen! Wie alle Stelling'schen Hauptfiguren hat sie sich damit am Ende verrechnet. Ihre Kinder hassen sie, ihr Mann verlässt sie, sie hat großen Erfolg, ihre Drehbücher werden verfilmt und ihre Romane verkaufen sich blendend. Sie macht Witze in großen Sälen und das Publikum johlt. Doch ein Mann ist sie immer noch nicht, deshalb beschert ihr der Erfolg keine Auswahl an neuen Partnern, und eine zweite Familie kann man* als Frau mit fünfzig auch nicht mehr gründen. Vielleicht werden die Enkel sie irgendwann mal fragen, wie's so war als erfolgreiche Künstlerin – darauf kann sie sich noch freuen. Und auf sonst gar nichts.

[Ein Strauß Rosen, ist das ein Grab?
Nein, das sind einfach nur Blumen]

— Erzähl mir eine Liebesgeschichte!
— Ja, mach ich, ich erzähl dir eine. Ich erzähl sie nebenbei, durch die Blume. Du kannst sie erkennen, du hast das jahrelang geübt. Dass das Harte das Sanfte in sich birgt. Im Dunkeln. Heimlich. Hinter verschlossenen Türen. In einem späteren Leben. Unter einer rauhen Schale. Im Windschatten dessen, was vordergründig vor sich geht.

toter Winkel
Stahlmaß
Schubladen
Hündin
Mikrofasertuch
Trümmerberge
Karaoke

Blind Spots

Josepha Conrad

Fahrschule

Mit toten Winkeln kam ich das erste Mal als Jugendliche in Berührung, während meiner ersten Fahrstunde. Ich weiß nicht mehr, wie der Lehrer hieß, aber ich erinnere mich an sein freundliches Gesicht und seine zutiefst ruhige Ausstrahlung, wie er dort neben mir saß in einem klapprigen grauen Toyota. Die zwei wichtigsten Sachen beim Autofahren, sagte er, sind nicht nur zu sehen, was vor einem passiert, sondern auch, was mindestens zwei Kreuzungen weiter passiert, und immer den toten Winkel des Spiegels zu überprüfen, bevor man die Spur wechselt oder abbiegt. Vor allem geht es darum, sagte er, aufmerksam zu sein und mit beiden Händen am Lenkrad zu bleiben. Das mit dem mindestens zwei Kreuzungen Vorausschauen habe ich verstanden, aber was meinte er mit *toter Winkel?* Schau in den Seitenspiegel, sagte er, was siehst du? Wir parkten in der zweiten Reihe am Straßenrand. Ich sehe ein Auto kommen, sagte ich. Schau weiter in den Spiegel, sagte er, bis das Auto verschwindet. Das habe ich getan, und dann ist das Auto für einen Augenblick verschwunden. Das ist der tote Winkel. Wenn man sich nur auf den Spiegel verlässt, sagte er, und zufällig in dem Moment hineinschaut, wenn er vorübergehend tot ist, wird man direkt in ein Auto, ein von hinten kommendes Fahrrad oder eine Fußgängerin fahren. Ich schauderte. Diese Übung, den Kopf zu drehen, war meine erste Lektion im Erkennen von toten Winkeln.

Maßband

Körpermessen, Messbehälter. Einziehbares Stahlmaß für den senkrechten und den waagerechten Körper und ein weiches Maßband für alle runden Teile. Ich messe die Länge meiner Musikinstrumente, um Koffer zu finden, in die sie hineinpassen, und ich messe meine kleine Hündin, um eine Reisetragetasche und eine Tasche für Ausflüge zu finden. Ein Maßband bestimmt die Größe dessen, was ich mit meinen Augen nicht erfassen kann. Ich bestelle Koffer und Taschen online, ich stelle mir ihre Größe vor, ihr Gewicht, es ist nur das Maßband, das mich das Fiktive, das Vorgestellte in das Konkrete verwandeln lässt. Mit Klebeband markiere ich die Größe meines Kofferraums auf den Dielen und lege alle Instrumentenkörper in ihren Taschen und Koffer und die aufgerollten Kabel, DI-Boxen und Pedale, sorgfältig in ihren Kisten verpackt, in das durch das Klebeband festgelegte Quadrat. Es ist ein Tetris-Spiel.

Ich will, dass alles perfekt hineinpasst. Im Kofferraum ist nicht unendlich viel Platz, und das, was meiner Vorstellung nach in den Kofferraum passen sollte, ist generell größer als das, was der Kofferraum fassen kann. Genauso wie ich mir meinen Körper oft kleiner oder größer vorstelle als die Kleider, die ihn einhüllen könnten, meiner Meinung nach. Stundenlang probiere ich in klaustrophobischen Umkleidekabinen in sauerstoffarmen Malls Sachen an, ich atme flach und verrenke meinen Körper, und trotzdem gehe ich mit der falschen Größe nach Hause. Ich messe, ich wiege, ich setze mich in der Jeans hin und stelle mir vor, wie der Stretchstoff mit der Zeit nachgibt. Dass Hemden in der Wäsche einlaufen können, denke ich mit. Ich male mir die Zukunft meiner Taille aus. Ich kann meine kleine Hündin auf dem Arm halten und sie in ihre Tragetasche stecken und habe immer noch keine Ahnung, ob sie wirklich hineinpasst. Ich messe sie weiter. Ich frage mich, ob es Särge in verschiedenen Größen gibt. Dass ich mich nicht um die Größe meines eigenen Sargs kümmern muss, empfinde ich als Erleichterung. Seltsam, dass ich meiner Wahrnehmung von Proportionen nicht trauen kann, vor allem denen meines Körpers. Als ob mein Körper in dem Moment, in dem ich versuche, ihn wahrzunehmen, ihn einzuschätzen, seine Größe und Form verändert; er entgleitet mir einfach und verwandelt sich in neue Dimensionen. Als ob mein Körper mir nicht gehört, als ob ich gar nicht hier lebe, als ob Größe etwas ist, das man ohne genaue Messungen, ohne Hilfe von außen, nicht fühlen oder beurteilen kann. Einige Messungen habe ich klar im Kopf. Die Größe meiner Matratze, die Größe meiner Daunendecke, die

Rückenlänge meiner kleinen Hündin, die Größe meines Kofferraums. Mein einziehbares Stahlmaß und mein weiches Maßband liegen immer in der selben rechten Ecke meines Werkzeugkastens. Ich greife nach ihnen, ich messe, ich notiere, ich male mir aus. Ich frage mich, ob die anderen auch alle damit beschäftigt sind, sich und die Objekte und Körper um sie herum zu vermessen. Ich weiß, dass es meine Mutter mit den Augen kann. Ich komme durch die Tür und sie schätzt meine Dimensionen ein. Sie weiß, was passen würde, wahrscheinlich muss sie nie auf Etiketten schauen oder verschiedene Größen in die Umkleidekabine tragen. Sie ist ausgebildete Schneiderin, vielleicht kann man das Verständnis für Größe erlernen. Ich frage mich, warum ich nach all den Jahren, in denen ich das Maßband gezückt habe, meine Größe immer noch nicht weiß. Ich stelle mir mich selbst größer, hochgewachsener vor, als ich es bin. Wenn ich meine vier Kilo schwere Hündin mit anderen Hunden sehe, erscheint sie mir sehr klein. Wenn wir alleine sind, vergesse ich, dass sie klein ist. Ich lege meine Hand mit anderen Händen auf einen Tisch. Meine Hand scheint genauso groß zu sein wie die anderen Hände, bis ich meine Handfläche an die Handfläche einer anderen lege. Nur in diesem direkten Vergleich kann ich ihre Struktur einschätzen, kann ich mir ein Bild ihrer Masse machen. Und nur mit Maßband finde ich einen Body, einen Body, der wie angegossen passt.

Vor Augen

Vor Augen, also direkt vor deiner Nase. Ich betrachte mein Zimmer und all seine vertrauten Gegenstände.

Gibt es etwas, das ich nicht sehen will? Kann ich das überhaupt entscheiden? Ich öffne alle Schubladen. Ich nehme den Inhalt heraus: Flaschendeckel, Münzen, Wäscheklammern, Haarnadeln, Büroklammern, Gummibänder, Schlüsselanhänger, Muscheln, Visitenkarten, USB-Sticks, Kassetten, Passfotos, Taschenmesser. Ich zwinge mich, alles anzuschauen. Kenne ich diese Welt der Dinge um mich herum? Einige Dinge sind vertraut, wie ein altes leeres Portemonnaie, das ich jahrelang benutzt habe. Von einigen Dingen wusste ich gar nicht, dass ich sie habe, wie ein Fläschchen Tipp-Ex. Ich öffne es und die eingetrocknete Flüssigkeit knistert. Der Geruch ist eine Zeitmaschine. Ich erinnere mich an das vorsichtige Abtupfen von Buchstaben mit der Schaumstoffspitze. Wann war das letzte Mal? Warum brauche ich kein Tipp-Ex mehr? Drucke ich einfach neu aus, ohne mir Gedanken über die Papier- und Tonerverschwendung zu machen? Ein Flaschenöffner sticht mir ins Auge. Ein kleiner quadratischer Öffner aus Metall, die Wörter *Pilsner Urquell* eingraviert. Er fühlt sich kühl an in meiner Hand. Es ist wahrscheinlich der einzige Gegenstand, der mir geblieben ist, seitdem ich vor fast dreißig Jahren von meinen Eltern ausgezogen bin. Es ist kein bedeutender Gegenstand. Ich weiß nicht mehr, wo ich ihn herhabe, und ich benutze ihn nicht jeden Tag. Aber er hat viele Umzüge überlebt und ist in vielen verschieden Schubladen wieder aufgetaucht. Ist seine unsichtbare Unbedeutsamkeit, sein kleiner praktischer Charakter der Grund, warum er an meiner Seite überlebt hat? Ich beschließe, ihn wertzuschätzen und dieses kühle Metall öfter in der Hand zu halten. Sofort bekomme ich Panik. Was ist, wenn ich ihn verliere, wenn jemand ihn aus Versehen einsteckt, wenn ich ihn zu einem Picknick mitbringe und ihn im Gras liegenlasse? Ich treffe einen Nerv. Wenn ich etwas aus seinem toten Winkel hervorhole, binde ich mich, fange ich an, zu brauchen, zu lieben, Panik zu bekommen.

Meine kleine Hündin

Meine kleine Hündin ist kein blinder Fleck, aber sie weiß, wie man sie findet. Sie ist von Natur aus Jägerin und jagt jedem Lichtflimmern, jeder Maus, jedem Vogel oder Eichhörnchen hinterher. Sie kriecht in das Unterholz von Stadtparks und trägt Knochen, Schnuller und Spritzen wie Trophäen heraus, sie zwängt sich hinter Müllcontainer, um verfaulte Fische herauszuziehen, und presst ihren Körper unter Kommoden, um zerknitterte Briefe und benutzte Kondome hervorzuholen. Ihr Fell ist wie ein Mikrofasertuch, an dem alles kleben bleibt, wogegen sie streicht. Als ob allein aufgrund ihrer Natur nichts in ihrem Radius verfaulen, sich ansammeln oder staubig werden kann. Meine Augen haben sich daran gewöhnt, ihrem Zickzack-Kurs zu folgen. Ich wohne seit fast 20 Jahren im selben Teil Berlins und bin unzählige Male entlang den Kanälen in meinem Kiez spazieren gegangen, bin Schleifen in allen Variationen durch die Parks gelaufen, aber ich habe diese vertrauten Orte nie wirklich angeschaut, bis ich anfing, mit Toni zu laufen. Ich weiß gar nicht, ob ich es laufen nennen soll. Sicher bin ich vor Toni gelaufen. Ich bin in einem gleichmäßigen, fast sportlichen Tempo gelaufen. Das erste Mal so gelaufen bin ich als Jugendliche in Chicago. An den

Ufern des Michigansees entlang und durch die ganze Stadt. Ich war stolz über dieses stundenlange Laufen, bei diesem Tempo. Mit Toni hat sich das verändert. Wir trödeln, wir verweilen, wir bummeln, wir schlendern. Als ich ihren winzigen 10 Wochen alten Körper zum ersten Mal in den Park trug und sie auf das verbrannte Sommergras setzte, zeigte sie mir jeden Knochen und jedes Bonbonpapier, jedes Stück Plastik und jeden Haufen Scheiße. Ich wurde auf Scherben, Pizzareste und sonstiges Verworfene hyperaufmerksam. Als Toni im Alter von sechs Monaten menschliche Scheiße voller Opiate fraß, die sie im Gebüsch des Görlitzer Parks gefunden hatte, und fast eine Überdosis erlitt, wurde mein »Schauen« noch intensiver, und ich versuchte, alles zu erspähen, von Eichhörnchen über Knochen bis hin zu Scheiße, bevor sie es tat. Während des Lockdowns war der Park der einzige Ort, an dem die Menschen das Gefühl hatten, sich in Sicherheit versammeln zu können, und die Menge der zurückgelassenen Lebensmittel und Abfälle stieg um das Hundertfache. Jeden Morgen gingen wir in den Park, um »Lass es!«, »Aus!« und »Pfui!« zu üben. Nur wenn wir durch den Park rennen, kann ich zu meinem weniger aufmerksamen und unalarmierten Zustand zurückkehren. Ich rufe »Auf die Plätze, fertig, los!« und wir rennen los. Sofort gibt es einen klaren Weg, ein gemeinsames Tempo, eine Bestimmung. Nur dann erscheint der Park nicht wie ein Hindernisparcours der Gefahr, und der ganze Müll und die Einzelheiten werden verwischt durch die Unschärfe des Rennens.

Die Mauer

Durch meine Wohnung zieht sich eine unsichtbare Linie, die Ostberlin von Westberlin trennt. Ich wohne genau über dem alten Mauerstreifen. Bevor mein Wohnhaus im Jahr 2000 gebaut wurde, gab es eine Baulücke, und bevor es eine Baulücke gab, gab es eine Mauer aus Beton, die die drei Stadtteile trennte, die jetzt einfach der Kiez sind, in dem ich wohne. Ich habe mir Gedanken darüber gemacht, ob es eine gute Idee ist, in eine Wohnung zu ziehen, die eine unsichtbare Narbe trägt und die direkt an einem historischen Ort liegt, den man nicht mehr sehen kann. Ein Zuhause zu haben, das früher weder hier noch dort war. Ich hatte Angst vor dem Nachhall, vor den schlechten Vibes, vor den Altlasten. Aber dann dachte ich, dass ganz Berlin ja Altlast ist, dass man nie lange suchen muss, um auf Krieg, Deportation, Mord zu stoßen. Dass es kein Wegschauen gab, obwohl vieles davon geflickt, abgerissen, renoviert, überbaut wurde. Sogar die Trümmerberge sind jetzt Parks, in denen man spazieren gehen und auf verschlungenen Pfaden hinaufklettern kann, aber unter dem Grün türmen sich die Trümmer aus dem Zweiten Weltkrieg. Ich habe mich entschieden, die Teilung, die ehemalige Spaltung, die Grenze mit aufzunehmen und diese Dissonanz in mein Zuhause und das Gefühl, hier zu leben, zu integrieren. Ich laufe fließend vom ehemaligen Osten in den Westen, aber manchmal springe ich über die unsichtbare Linie hinweg oder laufe auf Zehenspitzen daran entlang. Manchmal schaue ich aus dem Fenster und denke daran, dass ich vor nicht allzu langer Zeit auf Stacheldraht geblickt hätte. Jetzt ist dieser Stacheldraht eine

Erinnerung, eine Erinnerung, die ich nur von Fotos kenne. Die Erinnerungen mögen unsichtbar sein, aber sie können nicht ausgelöscht werden, nicht einmal von einem sechsstöckigen Wohnhaus, das sich über eine ganze Straßenecke ausbreitet und eine Brücke überragt, die 28 Jahre lang nirgendwohin führte.

Kindermumien

Als ich als Kind in Frankfurt am Main lebte, ging ich gerne allein ins Senckenberg Museum. Das Museum war ungefähr zehn Gehminuten von uns entfernt. Ich bin nicht durch das ganze Museum gewandert, ich hatte es schon oft gesehen, ich habe nur die beiden mumifizierten ägyptischen Jungen besucht, ihre dunklen, getrockneten Körper hinter Glas. Es hat sich immer falsch angefühlt, sie anzuschauen. Ich wusste, dass sie in Leinenbinden eingewickelt, in einem kunstvollen, ihrem Körper angepassten Sarg und gut geschützt in einem Schachtgrab liegen sollten. Sie wurden liebevoll begraben, damit sie ein prächtiges Leben nach dem Tod haben könnten. Früher waren sie unsichtbar für die Hektik des Lebens, das ohne sie weiterging, bestattet an einem kühlen, dunklen und stillen Ort. Aber jetzt waren sie da, ganz nackt, vom Licht geblendet, ihre verschrumpelte, harte Haut, ihre seltsamen, steifen Gesichtsausdrücke, alles den Museumsbesuchern ausgesetzt. Ich stellte mir vor, ihre Körper zu berühren, mit der Hand über ihre Wangen zu streichen, eine Decke über sie zu legen und das Licht herunterzudrehen. Ich musste an meinen Cousin Sebastian denken, der mit sechs ertrunken ist und dessen Körper in einem kleinen Grab in Südfrankreich den Würmern überlassen wurde. Durfte er ein Leben nach dem Tod haben? Ist er mit einem Lieblingsspielzeug oder Lieblingsstofftier begraben worden? Der Tod machte mir Angst und faszinierte mich. Ich wusste, dass es das dunkelste Geheimnis war und das, was am meisten Angst machte. Hier waren diese beiden Jungen, sie hatten eine Kindheit gehabt, hatten gespielt und gekuschelt und sind dann gestorben, aber ihre konservierten Körper, ihre Hüllen, sind zeitlos geworden und schlafen für immer. Ich habe mir oft gewünscht, dass sie wieder begraben werden könnten, an einem kühlen dunklen sicheren Ort, weit weg von den vielen Augen, die ihre getrocknete Haut anschauen.

Die Fabrik

Ich laufe mit meinen Eltern eine Straße in Frankenberg entlang, wir sind auf der Suche nach den möglichen Überresten der Fabrik meines Urgroßvaters. Wir haben ein Foto aus den dreißiger Jahren, auf dem mein Onkel seitlich vom Hauptgebäude steht. Es ist ein breites, verziertes Gebäude mit Fahnenmasten, die in die Luft ragen, aber keine Fahnen, und einem riesigen Schornstein dahinter, woraus man schließen kann, dass das Fabrikgelände erst mit dem Vorderhaus beginnt. Wir betreten Hinterhöfe, wir gehen über eine Straße und weiter. Wir zählen die oberen Fenster unter dem Dach des Gebäudes auf dem Foto und vergleichen es mit den Gebäuden, an denen wir vorbeilaufen. Und nachdem wir ungefähr eine halbe Stunde lang herumgelaufen sind, stellen wir fest, dass die Dinge einfach nicht mehr sind, was sie einmal waren und wir das Gebäude nicht finden werden. Wir kehren langsam um, und genau in diesem Moment sehe ich aus dem Augenwinkel einen Fahnenmast, dann noch einen, und als ich den Kopf drehe, sehe ich die Fabrik. Wir waren ein paar Mal daran vorbeigelaufen, aber hier ist es, genau wie auf dem Foto. Ich berühre den Knauf an der Eingangstür. Er fühlt sich uralt an, und ich stelle mir meinen Urgroßvater vor, wie er genau diese Tür öffnet. Mein Vater spricht jemanden auf der Straße an, der ihn in einen Seiteneingang des Gebäudes führt. Zwei Männer sitzen an Schreibtischen, sie blicken überrascht auf, aber dann reicht ihnen mein Vater aufgeregt das Foto aus den Dreißigern und sie nicken, ja. Wir hören die Geschichte vom Schornstein, der Anfang der Nullerjahre teilweise abgerissen wurde, weil man befürchtete, dass er auf das Gebäude stürzen könnte. Hinter der Fabrik ist noch der verkürzte Schornstein zu sehen. Und dann geht einer der Männer eine Zeichnung holen von der gesamten Fabrik und dem Gelände dahinter, wie es im 19. Jahrhundert aussah. Das Fabrikgelände war enorm, erstreckte sich über einen ganzen Häuserblock, und der Schornstein ragte wie ein Riese über alles. Ich habe immer gedacht, dass mein Vater aus armen Verhältnissen kam, gekämpft hat, mit 11 arbeiten gehen musste, um die Miete zu bezahlen. Doch plötzlich war es klar, er stammte aus einer Familie wohlhabender Fabrikbesitzer, aus Generationen von Tuchmachern.

Fahrrad fahren

Ich bin immer misstrauisch, wenn jemand sagt, »Das kannst du nicht verlernen, das ist wie Fahrrad fahren.« Zwei Jahre Pandemie und ich bin aus der Übung, was Auftreten betrifft. Ich stelle eine kleine PA-Anlage in meinem Wohnzimmer auf und singe meine Lieder zu Backing-Tracks. Das Publikum ist meine Hündin, die auf dem Sofa lümmelt. Gelegentlich hebt sie eine Augenbraue, blinzelt, gähnt und schließt die Augen wieder. Mir kommt es so vor, als würde ich schlechtes Karaoke machen, als würde ich Liedern einen Besuch abstatten, die ich kaum kenne. Ich hätte die Texte gerne an die Wand gebeamt, um ihnen folgen zu können. Freundinnen sagen immer wieder: »Es ist wie Fahrrad fahren«, du hast es schon zig Mal gemacht, und du wirst es wieder tun. Aber diese seltsamen automatischen Reflexe scheinen nicht in Gang zu kommen. Ich bin mir meines Körpers, jeder Bewegung, jedes Gedankens intensiv bewusst. Ich müsste vor so vielen Dingen die Augen verschließen, nur um ein Mikrofon zu halten. So viele Gedanken, die ich verdrängen müsste, um in die Haare des Liedes zu greifen, mit den Fingern darin herumzuwerken, seine moosige Luft einzuatmen. Ich entscheide mich, nicht Fahrrad zu fahren. Ich entschließe mich für die Unbeholfenheit, für Karaoke und steife Gelenke. Als ich endlich die Bühne betrete und die Play-Taste auf dem Sampler drücke, blicke ich in das Bühnenlicht und sehe die Silhouettenköpfe des Publikums. Ich stelle mir Toni vor, wie sie auf dem Sofa schläft. Ich kann mich kaum auf den Text oder die seltsamen Bewegungen meines Körpers konzentrieren.

Aus dem Amerikanischen von Millay Hyatt

Gletscher
Zirkuswagen
Afghanistan
Aida
Kaschmir-Twinsets
Shoah
Roboterin

Planet Me

Adriana Altaras

Als im März die Flüchtlingswelle aus der Ukraine Berlin erreichte, war ich gerade Stipendiatin im Unterengadin. Dort ist es sehr schön, die Berge sind imposant, im Grand Hotel kostet der Milchkaffee 8 Franken, meistens habe ich die NZZ dazu gestohlen, damit sich die Rechnung lohnte. In dem Blatt habe ich über den Ukraine-Krieg gelesen, die Flüchtlingsströme, den Verlauf der Pandemie und das Schmelzen der Gletscher. Vom Krieg war in der idyllischen Schweiz nichts zu spüren, Masken trug man dort ohnehin ungern, und dass die Gletscher am Schmelzen waren, konnte man bei den Schneemassen hier kurzzeitig vergessen.

Auch stand in dem Schweizer Blatt, dass sie durchaus bereit seien, ukrainische Flüchtlinge aufzunehmen. Sie rühmten sich dafür, einen Bus mit 44 Plätzen nach Polen geschickt zu haben.

Aber es seien nur 19 Personen eingestiegen. Planet Swiss eben.

Zurück in Berlin packte mich schon am Hauptbahnhof das nackte Elend. Wo würden all diese Menschen, Kinder und Haustiere in den nächsten Tagen und Wochen schlafen?

Nach einer Woche bat man mich, Geflüchtete aufzunehmen, eine Familie aus Afghanistan, denn wegen der Ukrainer gebe es keinen Platz mehr für sie. Ich hatte gelesen, dass die Deutschen die Ukrainer gerne aufgenommen hätten, weil sie ihnen ähnlich sähen. Blond und christlich. Da würden doch die Afghanen gut zu mir passen, dachte ich. Schrieb ihnen eine WhatsApp, dass sie gerne kommen dürften, und ob sie wüssten, dass ich Jüdin sei. Das sei kein Problem. Sie würden nur sechs Monate bei mir bleiben, dann würden sie nach Thüringen ziehen, um zu studieren. Sie seien Ortskräfte der deutschen Regierung in Kabul gewesen, für sie gäbe es Sonderregelungen. Ich händigte ihnen meinen Haus- und Fahrradschlüssel aus, übergab meine ganze Wohnung, samt Kleiderschrank, und zog in meinen Zirkuswagen.

Mein Zirkuswagen steht auf einer Insel im Tegeler See. Um dort hinzukommen, braucht es ein Boot. Ich habe ein kleines Ruderboot, das auf den Namen *Strauss Kahn* hört. Wenn man schnell rudert, ist man in 20 Minuten drüben. Das ging bis Juni ganz gut. Dann war das Wasser weg, die Hitze, die Sonne, die Erderwärmung ... Sie wissen schon. Planet Brandenburg eben. Also zog ich mein Boot größtenteils durch das modderige Nass, mit Trinkwasser, Espresso und meinem Computer an Bord. Auf Kaffee kann ich trotz aller Widrigkeiten schwer verzichten.

Aber so oft war ich gar nicht dort. Ich war viel unterwegs, inszenieren. Dass die Probenarbeit nach der Pandemie wieder losging, freute mich. Ich liebe meinen Beruf. Nach ungefähr zwei Wochen mussten wir unterbrechen. Der halbe Aida-Chor – Corona.

Die Situation in Afghanistan verschlimmerte sich, also zogen noch weitere Familienmitglieder in meine Wohnung. Fünf Erwachsene und sieben Kinder insgesamt. Wenn ich mal vorbeikam, um nach meiner Post zu schauen, luden sie mich zu köstlichem Essen ein. Wir speisten am Boden, meine Möbel hatten sie in die Ecke gestellt. Ein kleiner behinderter Junge lag auf dem Teppich und wimmerte vor sich hin. Wie sie den aus Afghanistan über Pakistan nach Schöneberg gebracht hatten, war mir ein Rätsel.

Das Haus verließen sie kaum, auch wenn ich versicherte, dass es in Schöneberg selten zu Explosionen komme. Sie fragten mich ängstlich, ob sie wirklich nach Thüringen ziehen müssten, man würde dort Sprengsätze zünden, am liebsten Richtung Fremde, das hätten sie in den Medien gelesen. Ich versicherte ihnen, dass es sehr nette Menschen in Erfurt gebe und sich alles beruhigen würde. Glaubte ich selbst daran?

Da pandemiebedingt die Proben ausfielen und ich auch nicht nach Hause konnte, reiste ich ein wenig herum. In der Schweiz waren die schönen Berge inzwischen grün, der Schnee war geschmolzen, und die Gletscher ragten nackt und bloß in den schwülen Himmel. Es sah befremdlich aus.

Also reiste ich weiter nach Italien. So die Züge fuhren. Meist waren Menschen oder Gegenstände auf den Gleisen, wahlweise fiel die Klimaanlage aus oder das Bordrestaurant war wegen Personalmangels geschlossen.

In Italien lebte meine schöne Tante Helena. Sie war in diesem Sommer 102 geworden und hatte keine Lust mehr. Man durfte sie im Heim nur noch selten besuchen, und das Leben mit Maske erschien ihr unwirklich. Sie sagte, sie habe eine Generation zu lange gelebt. Spätestens beim Faxgerät hätte Schluss sein müssen.

Sie war alt, aber nicht dement, also diskutierten wir über die neue Welt und die neuen Werte. »Hutschenreuther war früher das Nonplusultra«, sagte die Tante, »jetzt will es niemand mehr kaufen.« – »Porzellan soll weiß sein.« – »Warum weiß? Das Zwiebelmuster ist doch sehr hübsch?!« Sie machte sich Sorgen, was mit ihren kostbaren Kommoden passieren würde, wenn sie eines Tages doch noch sterben sollte. Ich glaubte ehrlich gesagt nicht mehr an ihr Ableben. Wenn sie es bis 102 gebracht hatte, warum sollte sie plötzlich noch sterben? Was zählt überhaupt noch, wenn Besitz nichts mehr bedeutet?

Ich erzählte ihr, dass die Menschen sich jetzt die Dinge lieber teilen würden. Sie würden »sharen«. Zum Beispiel Autos. Immer die Person, die eins braucht, mietet es. Man will kein eigenes Auto mehr haben. Das sei für die Umwelt gesünder. Das mit der Umwelt verstand sie – aber alles teilen? Warum ihre Enkel auf Sofas von fremden Menschen umsonst schlafen wollten, leuchtete ihr nicht ein. Sie habe doch ein schönes Ferienhaus am Gardasee, da könnten sie doch immer hin.

»Verstehe ich das richtig?«, fragte sie nachdenklich, »man kann Arbeit gegen andere Arbeit oder gegen Eier tauschen? Hm. Das klingt für mich nach

Krieg. Aber sicher, ich bin vorbelastet.« Wir schwiegen ein Weilchen. »Ich habe im Lager übersetzt, dafür mehr Brot bekommen. Als ich mir mein Brot selber kaufen konnte, habe ich geweint vor Glück«, fuhr sie nachdenklich fort. »Ich teile wirklich gerne. Noch lieber schenke ich. Und ich habe viele italienische Kinder in Deutsch unterrichtet, und die Eltern haben mir dafür Gänse zu Weihnachten vorbeigebracht. All das ist schön. Aber daraus ein Prinzip zu machen?« Nachdenklich schüttelte sie den Kopf.

Man brachte uns Kaffee. Um 16 Uhr ist Espresso-Zeit im italienischen Heim. Ich sagte, ich bräuchte nicht mehr so viel. Ich könne mir wirklich alles leihen. Tante wurde blass. Ich machte ihr offensichtlich Angst. »Was wirst du mit all meinen Kaschmir-Twinsets machen, wenn ich tot bin? Ausleihen?«, fragte sie mit dünner Stimme.

Es war ein schwieriges Gespräch, aber ich merkte, Tante war noch nicht fertig. »Glaubst du auch an die Roboter, wie die im Fernsehen? Sie haben neulich davon gesprochen. Sie haben von Künstlicher Intelligenz erzählt. Da machen Automaten alles, was wir können. Und noch mehr. Sie können ein Haus putzen und einen Menschen operieren und denken sollen sie nun auch lernen.« Tante wackelte mit dem Köpfchen, so nervös war sie inzwischen. »Tante, lass doch Canale 5. Warum schaust du immer noch den Berlusconi-Sender?«, versuchte ich sie einzufangen, vergeblich.

»Jetzt wird der Mensch ersetzt durch den Computer. Man sagt, dass der Computer fühlen kann. Ach ja? Was denn? Wird er auch so böse sein? So unberechenbar wie ein Mensch? Hätten uns Computer auch in ein KZ gesteckt?« »Tante, der Krieg ist vorbei!

Du musst dich nicht mehr grämen!« Wenn Tante nervös wurde, endete fast jedes Gespräch bei der Shoah. Ihre Wangen glühten. Erschöpft lehnte sie sich zurück und war wenig später eingeschlafen.

Auch mich beschäftigte die Künstliche Intelligenz. Als Waldorfschülerin hatte ich Mühe gehabt, vom Füller auf den Mac umzusteigen. Mein erstes Buch hatte ich mit der Hand geschrieben, die Finger voller Tintenflecken. KI. Das wird in der Medizin der größte Gewinn sein: ein Operateur, der keine Fehler macht. Das ist eine Revolution. Ein Mensch ist nie ohne Fehler. Was aber, wenn der Strom ausfällt? Mitten in einer Operation? Wird er weinen, dieser Roboter? Sich hinsetzen und weinen? Oder ist es eine Sie? Eine Roboterin? Werden die Computer eines Tages mein Orchester ersetzen? Meine Sänger? Meine Tosca, Gilda? Turandot? Oder wird die Oper, das Theater, die letzte analoge Bastion bleiben?

Inzwischen ist ein Jahr vergangen. Meine afghanische Familie hat sich tatsächlich gut in Thüringen eingelebt.

Sie fehlen mir.

Löschband
Amalgam
Blätter
Eskapismus
Riss
No-Gos
Utopique

Paradize Papers

Wolf Farkas

Als ich anfing zu schreiben, Hefte vollzukritzeln oder auf einer elektrischen IBM mit Löschband, fühlte ich mich in Momenten sich unverhofft dehnender Zeit wie das anderes Wesen, das in mir schlummerte, ein Mädchen, ein Unsagbarer, eine Dichterin, ein Herumtreiber, eine Wissende, ein Verschwörer, weich und entschlossen, verspielt und klar, suchend und absolut, zu allem bereit und ruhend im Universum, ein noch ungeborenes. Wörter, nichts weiter als ein paar läppische Buchstaben, ließen eine Welt entstehen, in der das vorgefundene Leben sich spiegeln und zugleich überwunden werden konnte. Mein Elternhaus war eng; die Achtziger eine Drohung ... wer würde sie überleben? In der Stille des Lesens, über oder unter der Decke, folgte ich meinen Leuten, auf verschlungenen Wegen im Denken und Fühlen, durch Zeiten und Räume, in andere Gesellschaften hinein und raus auf die Straße; Männer waren es vor allem, denen ich folgte, Kerouac und Pessoa allen voran, die auf ihre je ganz eigene Art auch dies vermochten: ihrer tief sitzenden Weiblichkeit eine Stimme zu geben. Meine ersten eigenen Schriften sollten Gedichte sein, Poetry, was sonst. Sie waren unfassbar schlecht – und sind mir das Liebste geworden. Flausen und No-Go's, Dada und Delirium, Größenwahn und Romantizismus, Aufbegehren und Amourengesänge bildeten um den Kern einer radikalen Naivität herum ein heiliges Amalgam (zumindest für mich), im Geheimen blühend und dem Unsinn nicht unähnlich; wenn auch zur Veröffentlichung denkbar ungeeignet. Lichtjahre oder auch einen Wimpernschlag später – ich bin der Mann, der ich immer schon und noch nie war – begann ich, einige dieser Texte zu überschreiben (manchmal blieb kaum etwas übrig), neue zu machen, visuelle Formen zu testen. Die Kollektion, mit offenem Ende, heißt Paradize Papers. Einzelne Blätter, nicht auf ein Buch angelegt, lose verbunden, die vom Riss erzählen, der durch unsere Leben geht. Der Erfindung des eigenes Daseins; der Unmöglichkeit, je eine Einheit zu bilden; und der Schönheit, es trotzdem zu tun.

LEERES ABTEIL
SPIEGELBILDER

WIE ICH
MEIN VATER BIN
&
WIE ICH NICHT
MEIN VATER BIN:

WIE ICH
ICH BIN

Regionalexpress • 80 Zeichen • 18 Wörter • 35 pt
Paradize Papers • She-Wolf • 2023

JEDE NACHT

IN DER ICH MIT

SCHLÜSSEL AUSWEIS

TELEFON KARTEN

MASKE BRILLE

FEUER GELD

ZURÜCKKEHRE

OHNE DASS

AUCH EINES NUR FEHLTE

(NICHT MAL UNSERE

VERLORENEN HERZEN)

SEI EIN KLEINER SIEG

GEGEN DAS

VERSCHWINDEN

Venceremos • 175 Zeichen • 33 Wörter • 17 pt
Paradize Papers • She-Wolf • 2023

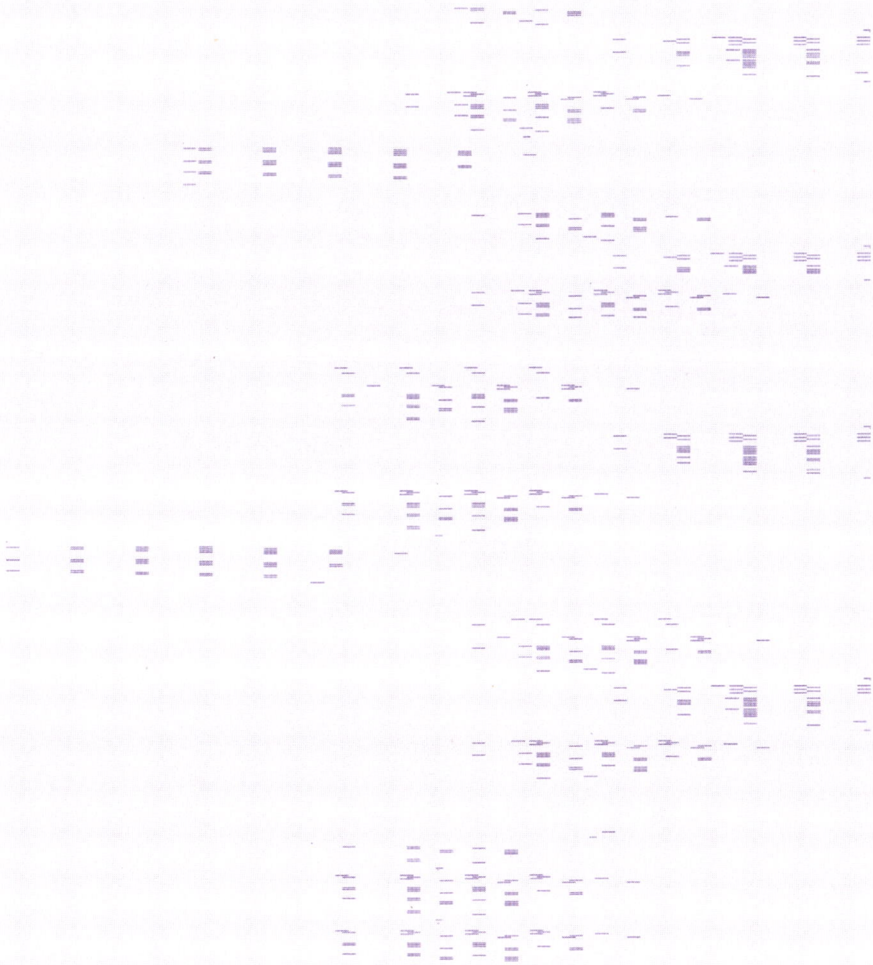

Clouds (Both Sides Now, Joni) • 15.599 Zeichen • 0 Words • 1 pt
Paradize Papers • She-Wolf • 2023

DIE FLUCHTROUTE MEINER GROSSELTERN FÜHRT DIREKT IN MEIN UNAUFGERÄUMTES ZIMMER

Herkunft • 67 Zeichen • 10 Wörter • 44 pt
Paradize Papers • She-Wolf • 2023

She Brings The Rain • 99 Zeichen • 0 Words • 11 pt
Paradize Papers • She-Wolf • 2023

AUS DEN ROMANEN
DIE ICH NIE SCHRIEB
ODER NUR ANFING
BAUTE ICH EINEN

TOWER DER BIS ZU
DEN WOLKEN REICHTE
UND BETRACHTETE IHN
VERWUNDERT.

DANN ZÜNDETE ICH
IHN AN UND SAH
ES SCHÖN BRENNEN
UND ALL DIE

ASCHE WÜRDE
REICHEN FÜR
EIN GEDICHT:
DIESES HIER

Poetic Turn • 201 Zeichen • 45 Wörter • 18 pt
Paradize Papers • She-Wolf • 2023

o

Soleil Olé • 1 Zeichen • 0 Words • 383 pt
Paradize Papers • She-Wolf • 2023

DIE MINZE GEGEN DIE ANGST
DEN WEIN FÜR DIE WAHRHEIT
DEN TANZ GEGEN DEN BODEN
DEN KUSS FÜR DEN REST

DEN MUT GEGEN DEN MIST
DAS LACHEN FÜR DEN KREIS
DEN MOND GEGEN DEN MORGEN
DEN SCHATTEN FÜR DEN REST

DIE REISE GEGEN DIE BLEIBE
DAS WIR FÜR DAS TIER
DEN SOG GEGEN DIE SORGE
DAS SUMMEN FÜR DEN REST

DEN BAUCH GEGEN DEN KOPF
DIE HAND AUF DAS HERZ
DEN MUND GEGEN DAS WORT
DEN KNOCHEN FÜR DEN REST

DIE FEDER GEGEN DIE WELT
DIE TINTE FÜR DAS ICH
GEWICHT GEGEN GEWICHT
DAS RAUSCHEN FÜR DEN REST

Gewichte heben • 388 Zeichen • 98 Wörter • 21 pt
Paradize Papers • She-Wolf • 2023

LEBE SO

A LS WÄR DIES
DER LETZTE TAG

D EINES
LEBENS

J A ABER:

P UTZ DIR
TROTZDEM
DIE ZÄHNE!

Y OU NEVER KNOW …

Zähne • 84 Zeichen • 20 Wörter • 27 pt
Paradize Papers • She-Wolf • 2023

ESKAPISMUS
REVOLUTION
DIRTY MIND
KUSCHELN
WEICHES EI
AMÖBE
A ROSE
FERLINGHETTI
FORGET
EVERYTHING
SOSO
NAJA
NUN
GUT

Letzte Liste • 98 Zeichen • 17 Wörter • 25 pt
Paradize Papers • She-Wolf • 2023

~ ~ ~ ~ ~ ~ ~ ~ ~ ~ ~ ~ ~ ~ ~ ~
~ ~ ~ ~ ~ ~ ~ ~ ~ ~ ~ ~ ~ ~ ~ ~ ~

~ ~ ~ ~ ~ ~ ~ ~ ~ ~ ~ ~ ~ ~ ~ ~ ~
~ ~ ~ ~ ~ ~ ~ ~ ~ ~ ~ ~ ~ ~ ~ ~
~ ~ ~ ~ ~ ~ ~ ~ ~ ~ ~ ~ ~ ~ ~ ~ ~

~ ~ ~ ~ ~ ~ ~ ~ ~ ~ ~ ~ ~ ~ ~ ~
~ ~ ~ ~ ~ ~ ~ ~ ~ ~ ~ ~ ~ ~ ~ ~ ~
~ ~ ~ ~ ~ ~ ~ ~ ~ ~ ~ ~ ~ ~ ~ ~
~ ~ ~ ~ ~ ~ ~ ~ ~ ~ ~ ~ ~ ~ ~ ~ ~
~ ~ ~ ~ ~ ~ ~ ~ ~ ~ ~ ~ ~ ~ ~ ~
~ ~ ~ ~ ~ ~ ~ ~ ~ ~ ~ ~ ~ ~ ~ ~ ~ ~
~ ~ ~ ~ ~ ~ ~ ~ ~ ~ ~ ~ ~ ~ ~

The Perfect Wave • 198 Zeichen • 0 Words • 30 pt
Paradize Papers • She-Wolf • 2023

WIR
ERBTEN
EIN HAUS
VOLLER STEINE
DAS REISSEN
WIR
AB

EINE
SCHEUNE
ERBTEN WIR
DIE ES NIE GAB
DIE BAUEN
WIR UNS
AUS

Herkunft II • 91 Zeichen • 23 Wörter • 25 pt
Paradize Papers • She-Wolf • 2023

************************* *************************
*************************. *************************
*************************. *************************
*************************. *************************
*************************. *************************
*************************. *************************

************************* *************************
*************************. *************************
*************************. *************************
*************************. *************************
*************************. *************************
*************************. *************************

************************* *************************
*************************. *************************
*************************. *************************
*************************. *************************
*************************. *************************
*************************. *************************

************************* *************************
*************************. *************************
*************************. *************************
*************************. *************************
*************************. *************************
*************************. *************************

************************* *************************
*************************. *************************
*************************. *************************
*************************. *************************
*************************. *************************
*************************. *************************

Symphonie Utopique (Unity Edit)) • 1.525 Zeichen • 0 Words • 14 pt
Paradize Papers • She-Wolf • 2023

Möbiusband
Fireworks
Shimizu Takashi
Westmenschen
Flip
Mesh
Animismus

あり方・How to be there・Komm einfach her?

Saki Hibino und Ann Cotten

Die Designerin Saki Hibino und die Schriftstellerin Ann Cotten im Gespräch.

Themenverzeichnis

1. Raumnutzung im Raum・Room space use・空間の使い方
2. Möbiusschleife versus Parallaxe · Möbius loop vs. Parallax ・メビウスの帯
3. Netz・Mesh・網
4. Gespräch versus Dialog ・Conversation vs. dialogue・共話と対話
5. あいづち、言いさし・Backchanneling, feedback, Tesla valve・aizuchi, Rückmeldung, Teslaventil
6. No subject (Things happen) ・主語がない（成り行き）· Subjektlos durch die Nacht
7. 空気を読む ・Drinking / Reading the air・die Lust lesen

8. 能 ・*Noh*·Nō (bedingungslose Bejahung)
9. アイデンティティー ・ Identität ・ Self / Surf / Serf
10. 開けっ放し、繊細さ、他力 ・ Locked open and sensitive, the opposite of self-help・Offen klaffen, fein sein, fremde Hilfe brauchen
11. 線香花火 ・ Fireworks・ Feuerschnüre

1. Raumnutzung im Raum・Room space use・空間の使い方

Wo ist der leere Raum in diesem Bild?
Der Philosoph 清水高志 Shimizu Takashi zitiert in 今日のアニミズム』(2021) ein Bild des Anthropologen 岩田慶治 Iwata Keiji aus dessen 2005 erschienenen Buch 木が人になり、人が木になる。アニミズムと今日.[1]
Normalerweise würde man denken, der leere Raum sei rund um die Kaki. Aber Iwata und Shimizu behaupten, dass der leere Raum auch die Kaki selbst sein könne. Außerdem erstrecke er sich in den dreidimensionalen Raum rund um das Blatt.
Wir sollten nicht »aufsteigend« denken, von einer in zwei, von zwei in drei Dimensionen, gerade wenn es um Dinge ohne Anfang und Ende gehe, schreibt der Philosoph Shimizu. Die ganze Welt sei die ganze Zeit da und werde nur von unserer Wahrnehmung ausgeschnitten. Alles sei kontinuierlich. Es gebe in

[1] 奥野克己、清水高志 2021『今日のアニミズム』、以文社 (Okuno Katsumi, Shimizu Takashi: »Animismus Heute«, Tokyo Ibunsha 2021)

岩田慶治 2005『木が人になり、人が木になる。アニミズムと今日』人文書館 (Iwata Keiji: »Baum wird Mensch, Mensch wird Baum. Animismus und Heute«. Tokyo 2005)

Please imagine the situation.
We are sitting across from each other in a room.

jedem begrenzten dreidimensionalen Raum unendlich viele Flächen.

Ein Bekannter, der seit fast 20 Jahren in Europa lebt, hat anhand eines Diagramms den Unterschied zwischen Leuten im Westen (ok, Deutschennnie) und anderen (ok, Japanernnnie) skizziert, erzählt Saki. Stell dir vor, du und ich diskutieren, also wir versuchen, ein Gespräch zu haben. Wir sitzen vielleicht an zwei Enden des Zimmers oder Tisches. Wenn wir Japanernnie sind, dann stellen wir uns die Luft im Zimmer vor, und mit dem allgemeinen Ziel einer gewissen Gestaltung dieser Luft legen wir uns ins Zeug, wobei wir auf die Formvorgabe der anderen reagieren und im Lauf des Gesprächs beide darauf einwirken.

Die Westmenschen drücken sich erst einmal dem Raum gegenüber aus. Es macht nicht viel Unterschied, ob sie sich wie derm anwesenden anderen gegenüber oder dem ganzen Raum gegenüber ausdrücken. Dann ist dier andere dran. Dann wird angesichts der Forderungen beider ein Kompromiss gesucht, oder einfach die Differenz stehengelassen.

»Wir lassen das jetzt mal so im Raum stehen.«

Auf falsche Mitten *(false mean)* kommt man, wenn einre der beiden sich irgendwie kräftiger ausdrückt als dier andere. Die falsche Mitte kommt mit dem Bild eines Tauziehens. Würden sich beide auf die Luft, die Umwelt beziehen, wäre das eine gewisse Absicherung, da die Umwelt mehr Gewicht hat als alle Redenden gemeinsam.

2. Möbiusschleife versus Parallaxe · Möbius loop vs. Parallax · メビウスの帯

Eine animistische Art, die Welt zu betrachten, schreibt der Anthropologe 奥野克巳 Okuno Katsumi, könne man mit einee Möbiusschleife vergleichen.[2] Ohne Anfang und ohne Ende, die eine Seite ist zugleich die andere Seite. Von da ausgehend, wo Selbst nicht vorbestimmt ist, in einem Flow, ist auch nicht klar, wann der Flip passiert: Wo er erscheint, kommt auf die Perspektive an.

3. Netz · Mesh · 網

Eine Welt aus vielschichtig durcheinander geratenden Schichten von Knotenpunkten, die zu den vielen Maschen eines Netzes werden, die jeweils sowohl Zentrum als auch Peripherie sind. Eine aus den Maschen des Netzes, das endlos umgestülpt werden kann, aufkommende Aufhebung (außen) wird (Noch-)Nicht-Aufhebung (innen), solcherart ist die Sache expansiv, implosiv.

Wenn man kulturelle Phänomene nicht aus einer solchen Dimensionalität heraus liest, ist nicht vieles schwer zu verstehen? Der Einfall, das zentrale Medium auszutauschen, hilft zu sehen, wie die Identitäten in diesem Netz relativ sind; wie die Beweglichkeit des Ganzen heißt, dass die Bezüge in voller Präzision ohne Kompromisse gewahrt werden können.

---

[2] 奥野克己、清水高志 2021『今日のアニミズム』以文社
(Okuno Katsumi, Shimizu Takashi: »Animismus Heute«, Tokyo Ibunsha 2021)

4. Gespräch versus Dialog · Conversation vs. dialogue · 共話と対話

Der Ausdruck 共話 *(kyōwa)* heißt so etwas wie kooperatives Gespräch und meint einen Austausch oder ein Zusammensein, zusammen Abhängen, bei dem Sprecherni und Zuhörerni nicht genau zwischen einander unterscheiden, sondern einander Rede ergänzen. Das Gespräch verläuft wie an einem einzigen Faden, der mal von derm einen, mal von derm anderen aufgenommen wird.

5. 相槌、言いさし · Backchanneling, feedback, Tesla valve · aizuchi, Rückmeldung, Teslaventil

Der Linguistin 水谷信子 Mizutani Nobuko zufolge zeigt sich das System *kyōwa* in Phänomenen wie dem, dass dier Sprecherni die begonnene Geschichte abbricht und dierm anderen überlässt, dier übernimmt, sie zu Ende zu bringen.[3] Die Sprechernnnie begleiten einander empathisch mit leisen und taktvollen kleinen Lauten der Unterstützung und Zustimmung, 相槌 *(aizuchi)* und 言いさし *(iisashi)*. Diese Art zu sprechen geht von gegenseitigem Verständnis aus beziehungsweise stellt es her – etwa mit neuen Informationen, wo das Einverständnis typischerweise wie die Lautung für Aha-Erlebnisse klingt – und sucht bei jedem Schritt die Interaktion mit dermn Gesprächspartnerni.

---

[3] 水谷信子 1993「共話」から「対話」へ,『日本語学 4 月号』4-10, 明治書院 (Mizutani Nobuko, »Vom Gespräch zum Dialog«, in: Japanische Sprachwissenschaft, April-Nummer 1993, S. 4-10, Meishi Shoin)

So macht doch alles mehr Spaß, was? Theoretisch. Wenn man es kann. Wenn man aber fernsieht, und da sind wie so oft drei männlich präsentierende Fachexperten und eine hübsche Frau, gebeutelt von Empathie und einem Aha-Erlebnis nach dem anderen, dann sieht man, wie so eine Kultur auch zwanghaft werden kann. Also, wie eine Kultur der Pflicht zur Gemeinsamkeit in Kombination mit Hierarchien problematisch werden könnte.

Dialog, dagegen, schreibt Mizutani, ist ein innerhalb des Japanischen davon deutlich unterschiedenes Konzept. Hier trägt dier Sprecherni seihrne eigenen Meinungen und Ideen vor und nutzt die Verbalsuffixe です*(desu)* und ます *(masu)*. Das heißt, sier stellt die Sätze fertig und macht damit eigenständige Feststellungen, die von einerm Gegenüber dann selbständig bejaht oder verneint werden könnten. Dazu wartet diesre, bis dier Sprecherni fertig ist.

Aizuchi wird auf Englisch mit dem Wort *backchanneling* übersetzt. Das Wort wurde laut Wikipedia 1970 von Victor Yngve, Pionier der Computerlinguistik, eingeführt.[4] Es reflektiert die Struktur von Kanälen, die »Information«[5] wie physische Objekte transportieren – man

[4] Yngve, Victor. »On getting a word in edgewise«, page 568. Papers from the Sixth Regional Meeting [of the] Chicago Linguistic Society, 1970.

[5] Für eine informative Monografie zum Begriff der Information siehe Robert Feustel: Am Anfang war die Information. Digitalisierung als Religion. Berlin: Verbrecher Verlag 2018.

kann sich ein Rohrpostsystem vorstellen. Aber auch *verbing* und *nouning*, hilflose sprachliche Resultate einer Tendenz, Verben nur als Rangierlokomotiven von Substantiven anzusehen, hat sich als Verkörperung dieser Konzeptualisierung eingebürgert, sodass es schon allzu umständlich erscheint, auf die Nutzung der altherkömmlich angebrachten Verben mit ihren strukturell-metaphorischen Gestalten zu bestehen. Zugleich kann man im *verbing* aber auch eine Entsprechung zum Altjapanschen なり *(nari)* sehen. Im modernen Japanisch heißt なる *(naru)* werden. *Nari* mit der Konnotation von *werden* als Entsprechung von sein erscheint als biegsamere und lebendigere Art, eine Identität oder ein Sein zu denken, als das feststellende *est.* Dem *est* kommt das moderne です *(desu)* näher. Bemerkenswert in diesem Zusammenhang ist auch, dass das »ist« in vielen Sprachen als Normalform als Null- oder Leerstelle realisiert wird. Im modernen Russischen wird etwa ein Gedankenstrich eingesetzt. In all diesen Fällen würde ich nicht vermuten wollen, dass die sprachlichen Phänomene je nach Nationalsprache völlig verschiedene Grundvorstellungen abbilden. Die wiederholte Aktualisierung in gerade dieser Form festigt aber mit Sicherheit die ein oder andere Tendenz als vordergründige Vorstellung. Das *-desu* beendet das gemeinsame Erleben harsch, macht einen Punkt, leitet zum nächsten Tagesordnungspunkt über.

All das ist für mich, sagt N, erhellend in Bezug auf US-amerikanische *gushiness*. In meiner Kindheit war ich bei den gelegentlichen Verwandtenbesuchssommern von Tanten umringt, die nicht aufhörten, Sätze zu äußern wie: *Isn't that wonderful! That is so amazing. That is awesome.* Auf die gibt es nicht wirklich eine logische Reaktion. Die amerikanische Kultur informell zu nennen heißt nicht bloß, dass es ihr an Form oder Ritus fehlt. In Wirklichkeit steckt eine große Kunst und auch viel Regelwerk darin, den Ton richtig zu treffen. Einerseits ist bei den Ausrufen der Tanten also affektive Phatik am Werk. Die wissen auch nicht, was sie sagen sollen, wissen aber, wie wichtig es ist, eine gute Stimmung zu erzeugen. Aber es ist, als würde durch die im Englischen immer noch grammatisch erzwungene Feststellungsform eine inflationäre Aussageschleife eingeleitet, in der durch immer mehr Superlative die Verlegenheit übertönt werden muss, dass die Feststellung in der Form eines Urteils an sich schon eine unpassende Überheblichkeit darstellt. Aus dieser Empfindung heraus, und weil eine angemessene Einschätzung geizig klingen würde, wird die Aussage von Anfang an übertrieben. Die richtige Antwort auf »Isn't it wonderful?« ist daher: »Oh my god!«

Bei Unterhaltungen auf Englisch ist mir meistens das in der Unterhaltung präsente Individuum oder Selbst sehr stark bewusst. Das liegt daran, dass gemäß der Vorkonzeption eines guten »Dialogs« oft feste »Individuen« als Gegenüber verlangt werden. Wenn das nicht möglich ist, wird ein »Individuum« als schwach angesehen. Es ist dem Druck des anderen »Individuums« ausgesetzt, wird verschluckt, es wird schwierig, das Gespräch auf Augenhöhe zu führen.

In so einem »Dialog« ist es von großer Bedeutung, wie viel man selbst in der Lage ist mitzuteilen, und wie viel man vom Gegenüber an Information aufnimmt. Man könnte von einer Beziehung von Geben und Nehmen sprechen.

Wenn ich auf japanische Gespräche zurückblicke, merke ich, dass oft im Gespräch *aizuchi* und *iisashi* koexistieren. Als Beispiel nehmen wir ein Gespräch mit meiner Mutter, die in Japan lebt.
ベルリンの冬はどうなの？

(»Wie ist der Berliner Winter?«) fragt die Mutter
と聞く母に対してund ich beginne zu antworten
»Der Berliner Winter, die Sonne, naja ...«
ベルリンの冬は、太陽が . . .

と私が答え始めると、und in den Fluss dieses Kontexts gießt die Mutter weiter: » . . . nicht da, da wird es ganz schön dunkel sein, oder.«
その文脈の流れを汲んで母は ....でなくて、暗いんでしょうと続け、会話が進んでいく。So geht das Gespräch voran. この流れを受けて私は、灰色だよ と言う。Diesen Verlauf aufnehmend sage ich »Grau (= Aschefarben).«
このフレーズには、誰が 何が といった主語は含まれていないが、母には、なんとなくベルリンの冬は灰色なんだというニュアンスや文脈は伝わり、あいづちとしてうなずくだけでコミュニケーションが成立する。In den Phrasen kommt kein bestimmtes Subjekt vor, aber meiner Mutter wird anschaulich vermittelt, wie der Winter in Berlin ist. Es treffen, überlagern sich die Vorstellungen von Kontext und Nuance, und in einer Verkettung gemeinsam abgesegneter Arbeitsschritte wird ein Satz gebaut und das Gespräch schreitet voran. So ein gemeinsames Sprechen findet in Japan im Alltag sehr oft statt.

Das klingt toll, und mir ist auch mal passiert, dass ich im Eifer der Anpassung versuchte, das in Gesprächen auf Deutsch anzuwenden. Aber meine Gesprächspartnernnnie werden ziemlich ärgerlich, wenn ich ihre Sätze zu Ende spreche. Ich erinnere mich, dass ich das auch oft sehr nervig gefunden habe. Ich mag es aber auch nicht, wenn Leute ihre eigenen Sätze unbedingt zu Ende sprechen müssen, wenn der Punkt schon längst …

6. No subject (things happen) · 主語がない（成り行き）· Ohne Subjekt (Sachen passieren)

Im Englischen erlaubt die grammatikalische Struktur keine Sätze ohne Subjekt. Das Subjekt wirkt dadurch am wichtigsten, dann kommt das Prädikat. So lässt die Struktur der Grammatik alles, was passiert, wie Taten oder Gedanken eines Subjekts erscheinen.

In einem japanischen Satz wird das Subjekt oft weggelassen, und das Prädikat kommt ganz zum Schluss. Wie beim »Reinzoomen« wird zunächst der Kontext skizziert, in dem das Ereignis stattfindet. In einem japanischen Gespräch wird das Subjekt ganz undeutlich und organisch, fluid und vielschichtig.

Bei einem Gespräch auf Englisch geht es meistens mit »ich bin …, ich mache …« los, also muss ich diese Sachen festlegen. Weil bei einem Gespräch auf Japanisch das Subjekt oft ausgelassen wird, ist es denkbarerweise auch nicht so stark im Bewusstsein. Im Gespräch wird die Stimmung des Gegenübers erspürt und am Ort, wo man sich befindet, »die Luft gelesen«. Oft wechselt das Subjekt, und der Satz bekommt einen neuen Sinn, um den ruhigen Fluss der Rede zu wahren. Nachdem am Anfang des Satzes weder Subjekt noch Prädikat kommen, geht die Verzweigung des Flows ganz geschmeidig. Zum Beispiel könnte ich beim Ausmachen eines Dates anfangen: »Disneyland ...«, und wenn das Gegenüber kein Interesse zeigt, fortsetzen »darüber habe ich gestern ein Video auf YouTube gesehen ...« und damit den Verlauf schnell korrigieren.

Mit Freunden oder einerm Freundin zu trinken, spazierenzugehen und endlose japanische Gespräche zu führen ist so angenehm, als würde man das »ich« wie eine schwere Rüstung ablegen. Davon befreit, als würde man gemeinsam in einem heißen Bad sitzen, dem Gefühl kommt es nahe. Ich glaube, diese Wonne entsteht daraus, gemeinsam die an diesem Ort flottierenden Stimmungen zu erleben, sich im Gefühl zu treffen, sich dem Verlauf der Dinge auch körperlich anzuvertrauen.

Es erleichtert mich, das zu hören. Ich hatte
manchmal so ein Gefühl im Gespräch mit
Japanernnnie, aber war immer unsicher,
ob das nicht eine Täuschung sei, ob nicht irgendeine
Feedbackschleife der Höflichkeit uns im
Kreis trieb. Ob dier andere sich wirklich wohlfühlte,
oder nur so tat, um mir eine Freude zu machen,
während ich so tat, um ihrm eine Freude
zu machen. So etwas lief nämlich die ganze Zeit bei
uns zuhause. Wegen diesem ganzen idiotischen
Theater war man froh, wenn ein Streit ausbrach
oder man wieder allein war. Ich
dachte, Kämpfen, Saufen und Sex seien die einzigen
Möglichkeiten, Fusion zu erreichen.
Leute wie ich, die sich auf diese Art ständig mit
unvernünftigen Zweifeln herumschlagen, müssen

das japanische Bedürfnis nach entspanntem
Gemeinsam-Da-Sein ja regelmäßig enttäuschen.
Vielleicht sind wir wie schlechte Feuerzeuge, die nur
manchmal eine Flamme halten können.
Man schmeißt sie nicht weg – manchmal
funktionieren sie ja.

7. 空気を読む · Reading the air · Die Luft lesen

Es gibt also im Japanischen den Ausdruck »die Luft lesen«. Wir haben den Skill gepriesen, aber es herrscht auch Druck, ihn zu besitzen, und Ratlosigkeit, wenn man nicht gut darin ist. Es ist unmöglich zu entkommen oder zu tun, als würde man nicht verstehen, was läuft. Also: damit gewinnt man nichts. Gespieltes Unverständnis oder Nicht-Mitbekommen ist im europäischen Diskurs mit seinem auf Intentionalität basierenden Schuldkonzept erstaunlich zentral, was uns wohl unterm Strich so kindisch macht. Gelesene Luft ist hingegen eine, in die man sich, weil sie von allen gelesen wird, ohne Sorge fallen lassen kann.

»Die Luft lesen« ist auch für Japanernnnie eine außerordentlich komplizierte Kultur und erfordert Geschick. Es gilt, nur aus Nuancen die Handlungen und Gedanken und Gefühle des Gegenübers zu verstehen und, die Situation in Betracht ziehend, zu entscheiden, was man selbst tun sollte. Leute, die sich auf diese Art Telepathie gut verstehen, werden in Japan hochgeschätzt und sind äußerst nützlich, aber leider auch selten. Die Luft falsch zu lesen kann großen Schaden anrichten. Es hat also auch diese außerordentlich lästige Seite.

Die Kultur der direkten Kommunikation mit Worten ist effizient, logisch und auch sehr gut, um

Missverständnisse, Konformitätsdruck und Mutmaßungen zu vermeiden. Seit ich in Berlin lebe, habe ich gemerkt, wie praktisch diese Methode ist, und ich bin auch besser darin geworden, Sachen knapp in Worte zu fassen. Aber es ist auch vorgekommen, dass meine Hoffnungen, verstanden zu werden, enttäuscht wurden. (Es ist wohl ein Fehler, darauf zu hoffen.)

人と人との間にはよく情が通じ、人と自然の間にもよく情が通じます。これが日本人です。

»Zwischen Mensch und Mensch fließt es oft; zwischen Mensch und Natur fließt es auch. Nichts anderes ist dier Japanerni.« schrieb der Mathematiker 岡潔 Oka Kiyoshi, der viele Bücher über ambience verfasst hat.[6]

これが日本人です。 ist außerordentlich schwer zu übersetzen, übrigens. Es klingt nicht richtig, wenn man direkt »Das ist dier Japanerni« schreibt, als wäre »ist« ein enger Korridor, während desu dien Japanerni in die Landschaft hinstellt, bestehend aus dem oben genannten Fließen. Ich denke an Bilder von Malewitsch, in denen die Menschen aus dem Gleichen zu bestehen scheinen wie ihr Hintergrund. Was ja materialistisch gesehen stimmt.

Um die Luft zu lesen, muss man das Ohr neigen und die Vorstellung schärfen für alles, was sich nicht leicht in Worte fassen lässt. Der vieldimensionale Kontext ist gewissermaßen in der Atmosphäre dispergiert. Das alles sickert, von allen Gesprächspartnernnnie gemeinsam verstanden, in die Kommunikation ein. Stellen Sie sich die Stimmungen in einem

---

[6] 岡潔 1969『岡潔集(第五巻)』学習研究社
(Oka Kiyoshi: Gesammelte Werke Bd. 5, Gakushū Kenkyūsha 1969)

Bild vor wie Partikel, die uns wirbelnd umgeben. Deren Bewegung zu erspüren, von beiden Seiten auf ihre Bewegung zu reagieren, sodass eine umfassende Harmonie aufkommt, diese Möglichkeit tut sich auf, wenn die Luft gelesen wird.

8. 能 · Noh · Nō /

Auch in der traditionellen japanischen Kunst des Noh-Theaters ist 共話 *kyowa* zu finden. Dem Noh-Meister Yasuda Noboru zufolge wird, nach dem Gespräch zwischen *waki*, dem Menschen im Stück, und *shite*, dem Geist oder Gott – die in unterschiedlichen Welten und Zeiten leben – am Ende vom Chor die Szenerie beschrieben.[7] Dank des Gesprächs wird das Denken der beiden unterschiedliche Existenzen führenden Figuren vereinigt und verschmilzt schließlich in der Landschaft.

Als weiteres Beispiel für eine Andeutung auf die Struktur des »in die Landschaft verschwindenden Menschen« nennt Yasuda das *Shoka*-Lied *Oborotsukiya* (Diesige Mondnacht) aus der Taishô-Era.[8] In diesem Lied wird niemals ein Gefühl besungen, aber Japanernnnie weinen, wenn sie es hören. Es erzeugt das Gefühl einer Welt, in der die Umwelt, die einen selbst wie die anderen umgibt, gelöst daliegt und das Konzept der Zeit aufweicht.

---

[7] 安田登 2013『あはいの力「心の時代」の次を生きる』ミシマ社
(Yasuda Noboru: »The force of awai. Living in the wake of the ›era of the heart‹«, Mishimasha 2013)

[8] 安田登 2014『日本人の身体』筑摩書房
Yasuda Noboru: »The body of Japanese people«, Chikuma Shobō 2014)

朧月夜
菜の花畠に　入り日薄れ
見わたす山の端　霞ふかし
春風そよふく　空を見れば
夕月かかりて　におい淡し

里わの火影も　森の色も
田中の小路を　たどる人も
蛙(かわず)のなくねも　かねの音も
さながら霞める　朧月夜

Diesige Mondnacht

Die blasse Sonne sinkt in ein blühendes Rapsfeld.
Vernebelt ist schon der Gipfel des Bergs, zu dem der
Blick hinüberzieht.
Sanft weht der Frühlingswind, und schaust du in den
Himmel,
Hängt da der Abendmond in noch gedämpftem
Glanz.

Die Lichter rund ums Dorf und der tiefe bunte Wald
Und die Leute, die auf kleinen Wegen durch die
Felder gehen,
Die Rufe der Frösche und der Glockenklang
Ununterschieden im Nebel unterm verhangenen
Mond.

9. アイデンティティ — Identität · Self

Wenn ich eine japanische Übersetzung für »Identity« suche, finde ich 同一性. Schlägt man den Ausdruck nach, werden zwei Bedeutungen unterschieden: Einerseits »Was A für einre ist« und andererseits: »A und B sind gleich«. Psychologisch und soziologisch ist vorallem die erste Bedeutung aktiv, hier wird *identity* in der Form 自己同一性 (Selbstidentität) benutzt.
Die Frage, was das Selbst ist, gibt es von alters her. Mir scheint aber, dass besonders in der Moderne Selbst als ich, ich als Individuum verstanden worden ist und wir angehalten werden, uns um ein Selbst zu bemühen, das eine unbewegliche Identität besitzt und sich selbstständig aufstellt. Das kann dazu führen, dass sich Leute unter Druck viele Namen ausdenken müssen und sich dadurch als Außenseiternnnie fühlen, wie etwa Pessoa, oder erstaunt wie Rimbaud feststellen, dass ich ein anderer sei. Chinesennni hingegen wechseln im Lauf des Lebens in verschiedenen Funktionen ganz selbstverständlich den Namen, und im Japanischen wechselt das Pronomen mit der Situation, das ist also kein großer Skandal, mehrere Selbste zu koordinieren. Genauso wie auf der Welt die meisten Leute mehrsprachig sind.

Ich fühle mich, als würde ich in der Kluft zwischen dem in der westlichen Gesellschaft verlangten gehärteten Selbst und dem fließenden und vielschichtigen, dabei undeutlichen Selbst oszillieren.

道元 Dōgen, der Mönch und Gründer der Sōto-Zen-Schule in der frühen Kamakura-Era (1185-1333), hat 悟り (*satori*, Erleuchtung – wobei bei der Übersetzung mit Schlagwörtern, die auch in der christlichen Religionsgeschichte verankert sind, Aufmerksamkeit geboten ist), mit der Formel 心身脱落 *(shin shin datsu raku)* im weitesten Sinne so erfasst: Körper und Geist loslassen, fallen lassen, zurücklassen. Solange wir also etwas mit »Selbst« definieren und darauf beharren, kann 心身脱落, das Verfallen des Selbst, nicht stattfinden.

脱落 kommt auch in der Bezeichnung für den Laubfall bei Laubbäumen vor und in einer Bezeichnung für jemand, dier aufhört und aufgibt: geradezu einne Loserni. Dieses Ziel des Zen-Buddhismus ist in Wirklichkeit ganz und gar nicht in die in Europa assoziierte Ecke à la Zen-Meditation-für-Manager zu integrieren, wo die Erleuchtung wie ein zu erreichendes Ziel der Selbstverbesserung geframed wird. Aber scheinbar gab es diese kommerzielle Vermarktung auch schon in der historischen Tempelkultur, denn schon von Dōgen sind Verweise gegen solche Missverständnisse überliefert.

10. 開けっ放し、繊細さ、 他力 · locked open and sensitive, the opposite of self-help · Offen klaffen, fein sein, fremde Hilfe brauchen

Eien Freundni meint: In einer Gesellschaft, wo Diversität wichtig genommen wird, sind die meisten Situationen, die »sensibel« heißen, auf sich selbst gerichtet. Feingefühl als Rüstung oder Waffe zur Selbstbewahrung, zum Selbstschutz vielleicht. Ich aber meine, Feingefühl bedeute die Fähigkeit, gegenüber Gedanken oder Gefühlen, die sich von den eigenen unterscheiden, und gegenüber Kulturen, welche andere Existenzen und Welten pflegen, das Ohr zu spitzen. Diese Fähigkeit steht in Verbindung mit der Entwicklung der Art, die Umgebung zu empfinden, wie sie Dōgen und Oka Kiyoshi erklären.

Der Anthropologe 奥野克巳 Okuno Katsumi beschreibt auf der Basis seiner Theorie des Animismus, wie wichtig es ist, nicht auf der eigenen Fähigkeit zu beharren, sondern sich der Fremdkraft bewusst zu sein:

アニミズムは、自分と自分の周囲の世界の連絡通路をつねに開いておく、つまりモノや他生にも注意を払うことで、モノや他生や世界の側からの働きかけに私が応じるという機序で成立するように思われる。[9]

»Animismus heißt, die Kontaktwege zwischen einerm selber und der Umwelt offen zu halten, auf die Dinge und auch das Vor- und Nachleben acht zu geben, um die Fähigkeit zu wahren, auf die Impulse zu reagieren, die von Dingen, Vor- und Nachleben, der Welt auf einne zukommen.«

柔軟で活気のある思想としての 他力 を思い描く[10]

»*Tariki* als elastischen, lebhaften Gedanken aufzufassen« empfiehlt der Autor 五木寛之 Itsuki Hiroyuki, der verschiedene Bücher zu 他力 *tariki* (Fremdkraft) geschrieben hat. Und durch diese geöffnete Art des Bezugs zwischen sich selbst und der Welt sich von Möglichkeiten berühren zu lassen.

---

[9] 奥野克己、清水高志 2021『今日のアニミズム』以文社
(Okuno Katsumi, Shimizu Takashi: »Animismus Heute«, Tokyo Ibunsha 2021)

[10] 五木寛之 2014『自力と他力』筑摩書房
(Itsuki Hiroyuki: »Jiriki und tariki (self-salvation and other-power)«, Chikuma Shobō 2014.)

11. 線香花火 · Fireworks · Feuerschnüre

儚さを愛する私たちは夏に線香花火をする習慣がある。

その小さな花火の火をできるだけ長くみんな保とうとする。

線香花火に火をつけて、その火をみんなで分け合うと、火種は、たいてい落ちてしまう。

Senkou-Hanabi are very delicate fireworks we use in summer because we love the transience.

One is supposed to keep the fire of the little fireworks as long as possible.

But everyone lights each other's string, sharing the fire when the globe is in the middle, and it usually falls off.

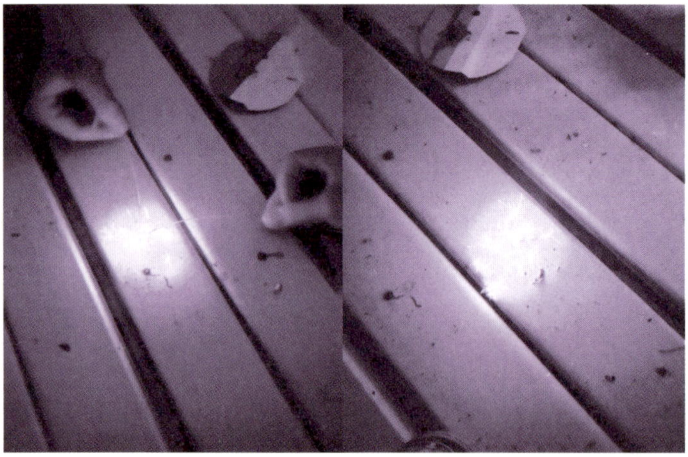

Senkou-Hanabi sind sehr zarte Feuerwerkschnüre, die wir im Sommer benutzen, weil wir die Vergänglichkeit lieben. Man soll die kleinen Feuer so lange wie möglich bewahren. Aber alle geben einander gegenseitig Feuer, wenn der glühende Ball in der Mitte ist, und meistens fällt er ab.

Hinweis: Die Rechtschreibung der vorliegenden Gesprächsfassung folgt dem von Ann Cotten verwendeten »polnischen Gendering«, bei dem alle für alle Geschlechter nötigen Buchstaben ans Wortende kommen – nicht frittieren lassen.

Kate Bush
Fa(h)rtwind
Hawaii
Hautkontakt
Transmission
Wittgenstein
liquides Karies

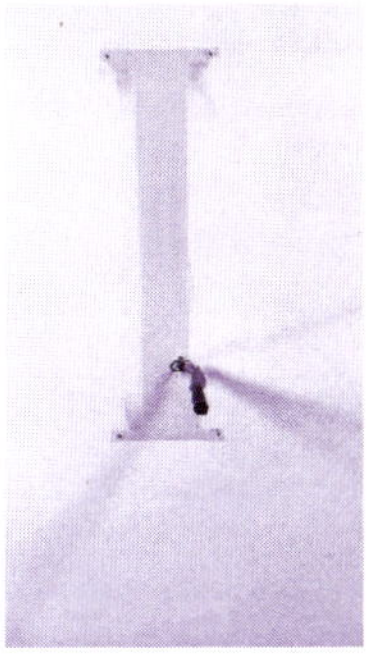

以心伝心

Ann Cotten

1. Only months later I realized I had omitted the human 亻 from the character for transmittion. Or did someone rip it off? I thought I had checked. I thought I had forgotten it, once again, but then corrected myself.

2. It cannot be denied that in English, the capitalized »I« has a phallic quality.

3. But if you take that seriously, it means that this »I« actually quite rarely comes into its state of existence. Usually it is kind of wrinkled up in itself like a raisin or sleeping.

4. Once I saw a video of a famous belly dancer through which I understood that in belly dancing, possibly, the woman's body represents a phallus-come-alive,

that is, capable of incredible, subtle side to side movements, and laced into decorative sheathing. A very camp idea, I thought.

5. In any case, one can ask oneself as a woman how to handle identity, if one needs such a thing etc. I am not happy with trying to mimic the objectification habit by identifying with my cunt.

6. (you saw the pics before: I am possibly less centered. I too only come into existence in movement. Like quantum physics, or a fly, a cat, an alien monster, either wanting in or wanting out, often not knowing which. Pointing to a faraway star like E.T. or wailing in the cold like Kate Bush.)

7. There is some kind of impossibility in identification. Therefore. It is not that I am not allowed to demand to be a young black man, but that I can't, I don't have the skills or the background. It is not exactly that I was born in the wrong gender. The fact that I was born is basically wrong.

8. I AM WHERE I AM KNOT.

9. KNOT MEANS KNOT!

10. Die Kulturindustrie entdeckt jetzt Identität als eine Art Melkmaschine. Je mehr man die Euter trainiert, desto mehr kommt raus.

11. Ich surfe auf meiner Duschtasse. Die Momente, in denen man sich in annähernd ubiquitärem Hautkontakt – mit etwas, auch Luft, auch Schnelligkeit – be-

findet, sind Safe Spaces, und Safe Spaces sind, solange sie eine kritische Masse nicht übersteigen, normalerweise auch Zeitreisemaschinen.

12. In der Dämmerung ist es vielleicht, wie Hibino sagt, dass die アイデンティティー raussickert. Da verschwinden die Konturen des Alltags, und die Dinge kommen in ihre wahre Natur, die unerfasslich, aber sehr deutlich ist, so auch ich. Es hilft bei allem, wenn sich die Luft so verpixelt, nur nicht beim Erfüllen der Pflichten. Es ist immer richtig, da hinauszugehen und zu schauen, so wie es immer richtig ist, im Kater hinauszugehen und zu schauen, wie es überhaupt generell immer richtig ist, hinauszugehen.

13. Aber wohin?

14. I came back from

mountains I would never see again

whom I had entrusted my soul to

longing I was feeling

to tear apart a glow

I was eager to come home

but I was missing a part

another part missing

as if it had gone

to where the other missing parts are

人間の資格

hearing this phrase I have a warm feeling inside

以心伝心

und ich fühle kühlen Fahrtwind

Fartwind

a song by Novaks Kapelle, I will play it for you afterward

15. 以心伝心
I don't know a lot about ishin denshin. I think it is a large and complex topic, rooted in Buddhist mysticism, which I know almost nothing about.
But I was full of unbearable longing when I recently left Hawaii and a few people with whom I had for the first time in my life felt I had found an intellectual home.
I needed 以心伝心
I was therefore eager to believe in 以心伝心
I have heard it works between people who are close, but at the time I imagined it as between people who understand each other, but are far away.
One might say 以心伝心 is a transmission of thought or of mind, heart, spirit, impression? In a way, I was excited about finding 以心伝心 in the most commonplace activities like understanding a sentence some-

one says. Somehow it imbued these everyday occurrences, banal conversation with a kind of intimacy, Zärtlichkeit that was exciting to find even between people with no relation or connection, and a linguistic generality that was equally exciting to feel as amazing and also like a diffused tenderness.

16. 包括 – houkatsu – ganzheitlich, kann man so sagen? – It is a word I am still chewing on. It grabs me somehow. Es ergreift mich irgendwie.

17. There is no way to prove or disprove something like 以心伝心, and I think it would lose its power if it were considered validated, like something one could be sure of. Like Wittgenstein said, we will never know if your blue is my blue. I will never know if a certain person experienced a particular kind of occurrence at the very moment when something acutely reminded me of our conversation.

18. The hope of such coincidence, entertained even just as a kind of joke, is dangerous like a gamble, or harmless like a fidget toy.
If it is harmless, it is too sad.

19. Upon arrival in Berlin from Hawaii, I had to make a piece of art.
I wrote 以心伝心 in white gaffer tape by the Wildenbruchbrücke. Looking down, I wished a satellite could pick up what I wrote and transmit it. I was supposed to write a poem so I wrote an explanation:

A brief landing of the Suika in which she presents herself and explains how she works

The Suika
is an Alien craft

craft means technique

she is a stub (an alternate strain, deviant strain) (Fan Fiction) of the *Relativistische Flotte* under the command of Angela and Karlheinz Steinmüller.

Our mission is circular
we use longing to propel our craft
as well as a type of locomotion called presencing
as backup aggregate
which is charged during every acceleration (and dying down) of longing
with every change, actually
when the speed, the feeling becomes sensible to the speeder, the feeler

haha, you work with seeds, we work with speed
stop, stay here another moment!
I want to tell you some more about how we work.

The direction of the craft is continually recalculated
as the sum of all running vectors of longing
so we sometimes stay hovering in one place
only to shoot off in a certain direction
only to come to an abrupt halt
because some of us love a good contrast above all things

The speed is determined
chiefly
by what scale we choose

Short-term, each longing propels us fast
but the median longing often keeps us circling
like cranes over Berlin

stop, stay here another moment!

or ends up as one intense point in timespace
reinforcing that point by appreciating it
which is at least how we hope to end
as a young black hole   stop!
but for the time being, short term desires continue
to eat us up, send us off again
in desire of more interest and desire

...

The rest of the Relativistische Flotte
still seems to believe in some kind of progress
to them we appear as a ghost

we hope they are right

...

sing our song with us, to numb us together
so we can leave
without pain whipping us back!

Our shanty goes like this:

We rake algae   we cut algae
by going around with our decisive blade
of presencing

we bite dust   and the sands of Berlin
churn through our gills
as we presencing

like sharks, we live by difference
breathe by moving
think like the wind
in other
translation

but like the melon vine growing (thinking) on the compost pile
we swell full of juice for you!
but like the melon vine growing (thinking) on the

compost pile
we swell full of juice for you!

Look at our breathing, which is a smooth surface for you,
and feel longing

for relating our experience

以心伝心

(move along then)

(out of the distance:)

We tesseract
(instantaneously ferment)
by using puns
Btw

It's called Oxford punting

ha

ha

ha

20. Writing is a clumsy, pedestrian emulation of 以心伝心

21. Maybe music is a transmission from oneself in the past. I tremble to relisten to songs which once carried strong attachments.

Music:
Novaks Kapelle: Fartwind (Album)
The Libertines: Radio America (Lied)
Kimio Mizutani: A Path through Haze (Album)

Gedichtfieber
Tröpfchentrivialität
Klippenbekenntnisse
Monologmonopol
QR-Code-Holztäfelchen
Variantensuppe
Wohlstandswuschis

Begriffsstudio

Monika Rinck

Seit den 1990er Jahren sammelt und verschickt (anfangs noch per Post) Monika Rinck Begriffe, einige flankiert von Kommentaren, zu finden unter: www.begriffsstudio.de. In Absprache mit der Autorin wählten die Herausgeber*innen ihre jeweiligen Lieblingsbegriffe aus den Neuzugängen der letzten Zeit.

Auswahl von Ok-Hee

5005 eine Zeit der Erwartungen und des Gedichtfiebers
5006 promiscuous, layered, and hot
5012 analytischer Gradualismus in stufenlos regulierbarer Feinabstimmung
5015 der ungehinderte Gang ins Unendliche

5016 vision du di-vision du monde social
5029 ein schwangerer Pflegeroboter
5049 der Monolog als Mulde und Halde
5050 an anti-Bildungsroman in the collapsing first person
5074 Hofreitschule für Roboterpferde
5093 the penumbra of sound
5126 die rettende Bowlendrohne über Ophelia
5127 im Swinger-Club der Konsonanten
5139 Encoding / Recoding
5149 the idea of bad combination
5159 Tröpfchentrivialität
5161 die leere Grazie der Blödheit
5165 jene kalte Phosphoreszenz lebender Dinge
5169 heruntergewürgte Romane
5171 lost in face
5177 das Abtauen der geschmückten alpinen Schneekuh
5178 the evidence of things not seen
5189 der tierische Zierstich
5199 der erhabene Attraktor der Reinen Empfindungen
5209 Amerikanska Amfibietransportfartyget
5211 blass wie ein Obstkern
5213 hypothetisch vokalisiert
5216 rauschende Farben
5241 erzählen und verfehlen
5252 Trotzki's Toothbrush
5255 critical fabulation

5005 eine Zeit der Erwartungen und
des Gedichtfiebers
5010 der Kanon anerkannter
Entschuldigungsgründe
5013 Verneiner von Grenzen
5015 der ungehinderte Gang ins Unendliche
5016 vision du di-vision du monde social
5019 Liebe machen wie Basare

Wie Straßen habt ihr euch getroffen / Wie Basare habt ihr Liebe gemacht / Sie sollen euch ins Wintergrab beerdigen … Die Übersetzung der letzten Zeilen des Gedichtes »Dirt Mevsim« von Cemal Süreya, auf YouTube in einer schönen Vertonung zu hören, von Fazıl Say & Serenad Bağcan. »Kışmezarına gömsünler sizi / Kışmezarına gömsünler sizi / Sokaklar gibi buluştunuzdu / Çarşılar gibi seviştinizdi / Kışmezarına gömsünler sizi / Kışmezarına gömsünler sizi.

5030 die zerstückelte Variante aus einer
fingierten Zukunft
5040 die Kunst des elastischen Unterscheidens
5041 in der Zone unendlich abschattierter
Ähnlichkeiten

»Die kanonischen Historiker verdanken ihren Ruf nicht zuletzt ihrer Kunst des elastischen Unterscheidens, einer Kunst, die den Lesern ihrer Texte möglicherweise gar nicht bewusst wird. Es wäre lohnend, die großen Geschichtsschreiber von Thukydides und Sima Qian bis Eric Hobsbawm, Natalie Z. Davis und Peter Brown einmal unter dem Gesichtspunkt ihrer sprachlich-begrifflichen Diskriminierungskunst zu studieren. Anders als das Polarisieren, das durch das Ähnlichkeitsparadigma von seinem kulturtheoretischen Thron gestürzt werden soll, impliziert das Unterscheiden den ständigen Umgang mit Ähnlichkeit. Die Arbeit von Historikern bewegt sich fast immer in dem riesigen Bereich zwischen der Identität der Phänomene und ihrer inkommensurablen Andersartigkeit, also in der Zone unendlich abschattierter Ähnlichkeiten.« Jürgen Osterhammel: Ähnlichkeit – Divergenz – Konvergenz. Für eine Historiographie relationaler Prozesse, in: Ähnlichkeit. Ein kulturtheoretisches Paradigma. Herausgegeben von Anil Bhatti und Dorothee Kimmich unter Mitarbeit von Sara Bangert. Konstanz 2015.

5046 mit der ganzen Kraft der Unanhänglichkeit
5050 an anti-Bildungsroman in the collapsing first person
5056 Karl Valentins Zen-Bajuwarik

Aus dem schönen Artikel von Madeleine Bernstorff über Achternbusch: Der Haderer. Weißbiergläser auf Wirtshaustischen sindschwere Anker: Zum filmischen Werk Herbert Achternbuschs, freigeschaltet, auf den Seiten von Cargo.

5059 die Üs im Grünflügelbülbül
5060 Awareness-Mess
5060 Ghosts of my own
5071 Pasta-Prepper
5090 Professur für Wolfswirtschaft
5122 eine Nacht, die empörte Einbildungskraft zu verwildern
5127 im Swinger-Club der Konsonanten
5152 sprenggenommen
5157 Sozialismus mit menschlichem Landsitz
5158 einfühlsarm
5168 das Rauschen der Kühle to come
5171 lost in face
5186 das Monologmonopol im Selbstgesprächskreis
5194 das QR-Code-Holztäfelchen *(Kommentar siehe Auswahl Terzić)*
5241 erzählen und verfehlen
5247 sich etwas aus den Lippen reihern
5254 auf keiner Wiese
5266 Klippenbekenntnisse

5266 Klippenbekenntnisse

In einer kleinen Gruppe bin ich eine ausgehöhlte Klippe hinabgestiegen, mittels einer steinernen Wendeltreppe an der Innenwand, die bei der Enthöhlung ausgelassen worden ist, in Begleitung von Kuratoren (ausschließlich männlich), die allesamt blaue Daunenwesten und enge blaue Anzughosen trugen. Es war ein wenig riskant. Unten angekommen versammelten sich alle Beteiligten auf einer Art Felsenplateau. Die Kuratoren verteilten 1-Cent-Münzen und Papierstreifen, wie man sie sonst in Glückskeksen findet. Verteilen ist vielleicht etwas irreführend ausgedrückt, sie bewarfen die Anwesenden damit, heftig, voller Zorn. Doch anders als in Glückskeksen sind die Streifen unbeschriftet. Ich denke: ah, leere Prophezeiungen. Aufgew.

5267 Ungutsherr
5268 Variantensuppe
5265 fruitful monotony
5249 von lauten Stimmen leben

Ida Vitale, Dichterin aus Uruguay, 99 Jahre alt, voller Lebensfreude, mit sicherem Schritt auf das Podium, schneller als die hinzueilenden Helfer, ebenso sicher hinab vom Podium, ihre Gedichte vortragend, fröhlich, heiter, ja ausgelassen, begleitet von ihrer Tochter, etwas schwerhörig, sodass es um sie herum immer schnell sehr laut wurde, als würde sie von der Energie der lauten Stimmen leben. Hier ist das Gedicht VÉRTIGO von Ida Vitale:

varada velocísima en
tu borde,
veraz de veras,
en vilo, en vela
virando hacia,
en ti guarecida,
guarnecida quiero seguir
imaginando cómo se amanece,
capaz de maullar
por las azoteas des frío
o del ardor final,
feliz naciendo
de la diaria muerte.

stranded on the edge of you, truly truthful, on the edge of you, on the edge of you, on the edge of you, I want to keep imagining how the dawn breaks, capable of meowing on the roofs of the cold or the final burning, happy being born from the daily death. [DeepL]

gestrandet schnell auf deiner Kante, wahrhaftig, auf der Kante, segelnd, sich zuwendend, in dir, behütet, behütet will ich mir weiter vorstellen, wie die Morgendämmerung anbricht, fähig, auf den Dächern der Kälte oder des letzten Brennens zu miauen, glückliches Geborenwerden des täglichen Todes.

5242 meine tobende Leiche

Aus Christine Lavants Gedicht: Das war mein Leben, Gott, vergiss das nicht. »Sag nicht, so viele hätten schon das gleiche / mit deiner Hilfe herrlich überstanden /und wären fromm und Heilige geworden. /Mein Leichnam tobt und will sich noch ermorden / und die dazu, die dich als Trost erfanden, / dort wo du niemals wirklich wirksam bist.«

5239 das dem Meerwasser ausweichende Meer
5207 der Nachschöpfer
5194 das QR-Code-Holztäfelchen
In der Eisdiele: »oder brauchen Sie eine analoge Karte?«
5195 rumvermuten

Nummer 5185 bis 5195 verdankt das Begriffsstudio einer Zusendung von Klaus Rastetter. Vielen herzlichen Dank!

5192 in Führung geraten
5190 ein Vorbehaltsloser
5184 Antisprache sprechen
5175 zusammengeschweißt durch ihre Sprachlosigkeit
5154 dreifach im Farce-Säurebad gehärteter und selbstbespiegelungsverchromter Antikapitalismus für arty Wohlstandswuschis

Aus Juliane Lieberts Besprechung der marxistischen Vampirkomödie »Blutsauger«, SZ am 11. Mai 22.

5145 tantifizierte Transzendenz
5132 Strategien zur Vermeidung von Regelverletzungen
5127 im Swinger-Club der Konsonanten

5105 Einzelfallministerium
5057 Prognosenbeschichtung
5045 das Skiliftorakel

Wenn wie viele sich damit tragen herauszufahren, wie viele kommen hinab, liebes Tiroler Skilift-Orakel? Und um wie viel werden die Balken steigen? Die Wasserstände in den Säulen schwappen, den lieben langen Tag. Und das Orakel sagt: Stimmt. Und meint: Schwimmt.

5039 sehr langsame Zaubertricks
5027 Schlangenseelen

... die zum Monstrum gewordene Seele fuhr zischelnd durch das Tal ... sagte Sonja vom Brocke in Retz, während der Eröffnung des dortigen Dante-Zentrums. Mutieren und transmutieren. Wandeln und verwandeln, sogar die Form der Wesen miteinander vertauschen. Und wie heißt das Device worin die Seele verschwand? »Tote Körper von Teufeln motorisiert«, sagte Sonja vom Brocke, in ihrem Vortrag über Transmutation, und: »Veränderung ohne Lebendigkeit«. »Ein Schatten, der keine Schatten wirft.« – »Der Jenseitskörper.« – »Wir holen unsere Leiber, doch ziehen wir sie nicht an. Wir schleifen sie heran, am Dornbusch der Seele, wie ein Lappen.« – »Seelen, verschmolzen mit Devices.« Alles wird sofort ersetzt.

5022 mit stolzgerösteter Brust
5013 Verneiner von Grenzen
5036 abseits vong keyboard

AFK, away from keyboard, abseits vong keyboard, übersetzte Ann Cotten, in »Glitch Feminism« von Legacy Russell, das von einer ganzen Gruppe von Übersetzernienn ins Deutsche übersetzt worden ist.

Lenindenkmal
Skateboarder
Heimweh
Kellerdiscos
Dämmern
Menüoptionen
Wildnis

»Tjumen ist Verheißung pur«

Leif Randt

NOVOSIBIRSK, 17.09.2014

Am Flughafen fällt mir das etwas gelbere Licht auf. Es ist fremder, als es das Licht in Moskau gewesen ist, als würde die Nachmittagssonne hier anders gefiltert, und das macht umgehend Spaß. Ein erstaunlich dreckiges Taxi bringt mich in Richtung Stadt. Das ist also Sibirien, denke ich. Hellblauer Himmel und schmutzige Autos. Novosibirsk liegt genau in der Mitte von Russland, es gibt eine Skulptur, die das belegt. Stadteingangs, an einem bronzefarbenen Lenindenkmal, sehe ich Skateboarder, die lange Schatten werfen. Kein Schild, das den Sport verbietet, keine Polizei. Die jungen Menschen von Novosibirsk grinden am helllichten Tag über den Sockel der Leninstatue, und niemand sagt etwas. Das Goethe-Institut hat mich in einem brandneuen

Best Western untergebracht, dessen Lobby zu weiten Teilen verglast ist. Weil die Hotels hier alle so neu sind, fühle ich mich in Russland immer ein wenig wie in Hannover.

Nach Einbruch der Dunkelheit treffe ich die Leiterin des Instituts in einem Restaurant neben dem wichtigsten Kino der Stadt. An den Wänden hängen Fotos von Filmstars, und auf einem gewaltig großen Fernseher läuft Fashion-TV, ein Sender, der vor allem Catwalks und kurze Interviews mit Topmodels zeigt. Zwischendurch sind berühmte Straßenschilder aus Mailand, Los Angeles oder London zu sehen, und überall scheint die Sonne. Es fällt mir schwer, den Blick von diesen Aufnahmen zu lösen. Die sympathische Leiterin des Instituts sagt schmunzelnd, dass Fashion-TV hier in Novosibirsk sehr beliebt sei, es laufe fast überall, sie habe sich nach einem Jahr in Westsibirien längst daran gewöhnt. Würde man in London oder Los Angeles Fashion-TV in einem Restaurant zeigen, wüssten die allermeisten Betrachter wohl, dass die gezeigte Modewelt in ihrer leuchtenden Einfachheit nur auf Fashion-TV selbst existiert. Und gerade dieses Wissen um die Differenz zwischen Erfahrung und Fashion-TV erzeugt ein spezielles Heimweh, das sich nicht direkt auf ein Zuhause bezieht, sondern auf einen Raum, den ich rückblickend in der eigenen Kindheit und Jugend erahne. Eine offene Frage ist, ob die Restaurantbesucher, die schon immer hier leben und sich weite Reisen vielleicht gar nicht leisten können, eine ähnliche Art von Heimweh empfinden, wenn sie das britische Spitzenmodel Cara Delevingne über den Rodeo Drive spazieren sehen. Die Leiterin des Instituts sagt, Novosibirsk sei ziemlich amerikanisch. Viele Leute würden große Geländewagen fahren und am Wochenende die Stadt verlassen, um die freien Tage in bescheidenen Landhäusern, die sie Datschen nennen, zu verbringen. Der Schmutz auf den Autos entstehe durch den Steppensand, der auch für das gelbliche Flirren der Luft und irrsinnige Sonnenuntergänge verantwortlich sei. Ich höre der Frau vom Institut gerne zu. Sie beklagt sich mit nachvollziehbaren Argumenten über die Kulturproduktion in Novosibirsk, über die leblose Konservativität des Theaters und der Oper, und dass die größtmögliche Subversion hier womöglich tatsächlich im Skateboarding und im Graffiti und im HipHop zu finden sei. Zudem schwärmt sie für die klaren, wahnsinnig kalten Winter. Alles in allem wohnt ihren Erzählungen über Sibirien ein kindliches Staunen inne, das mir gute Laune macht.

18.09.2014

Am darauffolgenden Abend gebe ich eine Lesung aus »Schimmernder Dunst über CobyCounty«. Die Veranstaltung findet im Keller einer Buchhandlung statt. Der Roman ist zwar nicht auf Russisch erschienen, sodass ihn hier niemand kaufen kann, aber das Institut hat das letzte Kapitel übersetzt. Und dieses letzte Kapitel lese ich auf Deutsch vor, und ein Schauspieler liest im Anschluss die russische Übersetzung. Es hören erstaunlich viele zu, mehr als hundert Bürgerinnen und Bürger von Novosibirsk sind gekommen, um den deutschen Schriftsteller zu sehen. Keiner der Anwesenden denkt wohl auch nur im Traum daran, den Raum zu verlassen, bevor die letzte von unzähligen Publikumsfragen gestellt wurde, es wird nicht getuschelt, und niemand wagt es zu lachen. Die meisten Fragen sind von einer großen Demut vor der großen Sache Literatur geprägt, was mir nur teilweise behagt. Dennoch beantworte ich alle Fragen mit entwaffnender Offenherzigkeit, und jeder meiner Sätze wird ins Russische übersetzt. Völlig angreifbar sitze ich da. Als schon einiges gesagt wurde, beginnt eine ältere Dame mit mir zu schimpfen. Sie gestikuliert wild, als sie fragt, was ich mir anmaßen würde, ein Buch zu schreiben, von dem ich nicht genau wüsste, was es bedeute. Ich antworte, dass es ihr Problem sei, wenn sie all das nicht begreifen könne, und nach der Veranstaltung schenke ich ihr eine deutsche Taschenbuchausgabe von »Schimmernder Dunst ...« mit persönlicher Widmung. Ihre Aussage wird mich noch eine Weile verfolgen, nicht die Aussage selbst, sondern ein Gefühl von fehlgeschlagener Kommunikation, von Ohnmacht und Aggressivität. Ich versuche stattdessen an die vielen freundlichen Novosibirsker zu denken, an das begeisterte Paar von der israelischen Botschaft zum Beispiel. Dennoch liegt ein Schatten über dem Abend.

19.09.2014

Am Nachmittag meiner Weiterreise regnet es ziemlich stark. Ein Praktikant des Instituts begleitet mich im Taxi zum Bahnhof. Er ist 22, spricht fünf Sprachen und trägt ein Hemd mit hohem Stehkragen. Eines Tages möchte er gerne für den TV-Sender Arte arbeiten. Das Potenzial, sich fest anzufreunden, besteht nicht, aber wir unterhalten uns auf der Fahrt zum Bahnhof recht angeregt. Ich erzähle von den

USA, und dass ich dort in den ersten Tagen oft gute Laune bekomme, durch die positive Energie, die sich insbesondere in flüchtigen Begegnungen Bahn bricht. Der Praktikant erzählt von der Sehnsucht Russlands nach Größe: »Schauen Sie sich die Statuen an, Herr Randt, die plakative Symbolik. Sie sehen das auch, wenn sich die Mädchen zum Ausgehen bereit machen. Alle wollen hochelegant sein. Aber die Dinge, die sie tragen, sind aus ganz schlechtem Material. Aus Synthetik. Man sieht gleich, dass es schlecht ist. Die Leute haben hier kein Gefühl für diese Dinge. Sie sind noch nicht so weit.« Ich würde gerne widersprechen. Deshalb erzähle ich, dass ich in Moskau einmal sehr nett ausgegangen bin, am vergangenen Wochenende, zusammen mit dem fabelhaften Nikolay, einem jungen Anwalt, der abgesehen von einem Auslandssemester in London immer in Moskau gelebt hat. In den Kellerdiskos, in die mich Nikolay geführt hat, war eigentlich niemand ungeschickt zurechtgemacht, es wollte auch niemand besonders edel aussehen, im Gegenteil, das junge Publikum schien viel eher mit Absicht underdressed zu sein. Halb im Spaß spreche ich von einer »leichten Auflehnung durch verwaschene Sweatshirts«, die mir bei erstaunlich gutem Live-Electro ins Auge gefallen sei. Der Praktikant nickt.

Für die Weiterreise nach Tjumen hat mir das Institut ein Abteil der besten Kategorie gebucht. Es ist ein vorwiegend bräunlicher Raum. Zwei Liegen, dazwischen eine Ablagefläche, Vorhänge am Fenster. Draußen regnet es noch immer. Ich bin allein. Der Praktikant meinte noch, das passiere häufig, eine ungestörte Fahrt im eigenen Abteil, die Züge seien oft nicht ausgebucht. Das wäre mal was, denke ich, und als ich dann gerade die medizinisch weißen, in durchsichtige Folie eingeschweißten Zugpantoffeln auspacken möchte, tritt ein Mann mittleren Alters ein. Er trägt ein kariertes Jackett, darüber einen Ledermantel mit breitem Revers. »Do you speak English?«, frage ich. »Yes.« Der Fremde stellt sich als Geschäftsmann aus Warschau vor, der nur Zug fahre, weil es keinen Flug nach Tjumen gegeben habe. Wir werden nun also die kommenden sechzehn Stunden miteinander verbringen. Er schiebt den Vorhang zur Seite und blickt in den Regen: »How do you like Russia?« – »Can't say much so far. I'm only here for six days now.« Tatsächlich kann ich noch nicht viel über meine Eindrücke sagen, es wäre anmaßend. Um das Eis zu brechen, sage ich zum Warschauer Geschäftsmann, dass wir uns nun gegenseitig unsere Sprachen beibringen könnten. Schließlich hätten wir nun genügend Zeit. Wir lachen.

In den ersten zwei Fahrtstunden ist es draußen noch hell. Aus dem Fenster sehe ich: eine zweite Zugtrasse. Grau verhangener Himmel. Gelbliche Wiesen. Herbstbunte Bäume. Ehrlich gesagt nichts, das es in Deutschland nicht auch geben könnte. Wo ist der Mehrwert, Sibirien? Bei zwei weiß gekleideten jungen Damen, die in unser Abteil hineinblicken, dürfen wir etwas zu essen bestellen. Eine der beiden Damen schaut ihre Kollegin, die einen tiefen Ausschnitt trägt, lächelnd an, als mir der polnische Geschäftsmann mit viel Ruhe die Menüoptionen ins Englische übersetzt. »Meat from Cow«, sagt er. Er selbst entscheidet sich für den Fisch, ich entscheide mich für Stampfkartoffeln mit Rindfleisch, dazu Tomatensaft. Ich bereue bald, dass ich kein Bier bestellt habe. Ein Bier hätte womöglich selig gestimmt. Aber ich könnte – das ist eine Option – nachts in meinen weißen Zugpantoffeln zum Speisewagen spazieren, um dann ganz alleine in der transsibirischen Eisenbahn ein Glas Bier zu bestellen und mit Rubel zu bezahlen. Noch einmal öffnen zwei Frauen mit tiefen Ausschnitten die Tür, diesmal sind sie schwarz gekleidet und bieten Souvenirs an, irren Tand in Plastikkörben. Magnete in Figurenform, Rasseln, Postkarten. Dann wird es langsam Nacht in Sibirien. Man serviert uns das Essen, eine verschwindend geringe Portion, die jedoch erstaunlich gut schmeckt, und der polnische Geschäftsmann und ich sitzen gesellig beisammen. Die Geräusche von leichten Bestecken auf weißen Tellern. Der Tomatensaft war doch die richtige Wahl. Ich bin für einige Momente ziemlich glücklich.

TJUMEN, 20.09.2014

Als uns das Zugpersonal weckt, habe ich mehr als zehn Stunden dagelegen. Ich hätte das kaum für möglich gehalten. Dämmern und schlafen, ein paar Lichter, verlassene Bahnhöfe, und plötzlich sind zehn Stunden vergangen. Mein polnischer Freund schreckt auf und verschwindet in Windeseile. Wir sind uns im Schlaf fremd geworden. Keine letzten Worte, als er geht, kein Verweis auf unser gemeinsames Lachen, nur ein »bye bye«. Während ich meine Straßenschuhe anziehe, blickt ein aschblonder Mann in das Abteil hinein. »Herr Randt?« – »Ja.« – »Ich bin Alexey vom Deutschen Lesesaal.«
Wir schütteln uns die Hand. Alexeys Augen sind hell und freundlich.

Auf dem Bahnsteig ist es bitterkalt. »Ist dieses Wetter schon kalt für Sie, Herr Randt?« Alexey führt mich zu seinem Auto, einem Minijeep, und dann fahren wir bei vier Grad Celsius über die Hauptstraße der ältesten Stadt Sibiriens. Kaum ein Haus hat mehr als drei Stockwerke, nichts weiß den Blick zu fesseln, bis ich plötzlich eine Frau in einem Schaufenster stehen sehe, eine Frau in einem blütenweißen Hochzeitskleid, die wie ein Roboter tanzt. »Ist das ein Mensch?«, frage ich vom Beifahrersitz. Alexey sagt: »Ja. Das ist Ausbeutung. Die Frau macht das den halben Tag lang.« Während wir an der Ampel stehen, wiederholt die Arbeiterin ihren Hüftschwung, der das Brautkleid gleichmäßig wehen lässt, gut zwanzig Mal.

Über meine Lesung, die am Nachmittag des gleichen Tages stattfindet, wird zu meinem Erstaunen in mehreren regionalen TV-Sendern berichtet. Aufgeräumt lächelnde Blondinen interviewen mich: »Erste Frage: Wie lautet die Botschaft Ihrer Bücher?« Ich antworte: »Das ist eine Frage, die Sie einem Schriftsteller niemals stellen dürfen.« Nächste Frage: »Wie oft hat sich Ihr Buch in Deutschland verkauft.« Ich antworte: »Das ist eine Frage, die Sie einem Schriftsteller niemals stellen dürfen.« Und nachdem eine opernhafte Schauspielerin die russische Übersetzung des letzten Kapitels von »Schimmernder Dunst ...« vorgelesen hat, fragt eine anwesende Journalistin vor versammeltem Lesepublikum, was ich von der Ukrainekrise halten würde.

Die Zuhörerinnen und Zuhörer werden sofort unruhig. Der Kopf der Journalistin zuckt wie der eines Huhns. Als ich antworte, dass ich die Krise schade finde und hoffe, dass sie bald endet, wird im

Raum spontan applaudiert. Alle sind sehr genervt von der Journalistin, die daraufhin etwas in ihren Spiralblock notiert und den Raum hektisch verlässt.

Später bietet man mir ein Buffet mit Tee, Buttergebäck und Instantkaffee an. Vor dem Buffet will sich eine Kadettengruppe mit mir fotografieren lassen. Die Kadetten sind zwischen neun und zwölf Jahre alt. Kleine Jungs in Uniformen. Ich stelle mich mit verschränkten Armen in ihre Mitte. Ein Foto, auf dem niemand lächelt.

21.09.2014

Am Sonntag geht es mir überhaupt nicht gut. Ich will nach Hause, weiß aber, dass ich noch einen ganzen Tag in Tjumen bleiben und im Anschluss nach Jekaterinburg weiterfahren muss. Alexey und seine Freunde zeigen mir nun die ganze Stadt. Wir essen chinesisch und gehen am Kanal spazieren. Es ist windig. Eine Frau, die Süßwasserfisch verkauft, liegt schwer besoffen neben ihren Forellenkästen und kann nicht mehr aufstehen, obwohl sie es fortwährend zu probieren scheint. Ich frage Alexey wieder, was da los sei. Er sagt: »Das ist eine Frau, die verkauft Fisch, aber die trinkt auch viel.« Alexey ist ein sehr aufgeräumter Mann, kaum vorstellbar, dass er zwei Jahre jünger ist als ich. Er sagt, der Fisch könne nur aus dem hiesigen Fluss stammen, und der Fluss sei viel zu schmutzig. Niemand, der bei klarem Verstand sei, würde diesen Fisch essen.

Zum Ende meines Aufenthaltes in Tjumen nehmen wir unser Abendessen in einem Restaurant ein, das wie ein amerikanisches Diner dekoriert ist.

Wir bestellen Slojanka. Alexey sagt, Slojanka sei lecker und gut, er esse das im Grunde immer. Danach Apfelkuchen mit Vanilleeis. Dazu trinken wir Tee. Alexey erläutert, dass sich die Mehrheit der Russen eine Rückkehr ins Feudalistische herbeisehnt. In den Neunzigerjahren sei man Besuchern aus dem Westen noch demütig und ehrfurchtsvoll begegnet. In Putins zweiter Amtszeit, als es in der Ukraine zur orangenen Revolution kam, sei die Stimmung gekippt. Seitdem habe man das Gefühl, nur noch von Feinden umgeben zu sein. Alexey sagt, man wolle in Russland durchaus Apple-Produkte benutzen, aber sich dann mit diesen Produkten von der Außenwelt abkapseln, stolz auf seinen Rohstoffen sitzend. Er fragt, ob ich gerne in Deutschland lebe. Ich denke dann eine Weile laut darüber nach und beschreibe mein Leben in Deutschland als relativ glücklich.

22.09.2014

Die Zugreise von Tjumen nach Jekaterinburg dauert nur sechs Stunden. Diesmal sitze ich in einem Abteil der zweiten Klasse. Das heißt, dass ich mir eine Kabine der gleichen Größe mit drei alten Männern teilen muss. Einer trägt einen grauen Bart und hat viel Proviant dabei. Mit einem beängstigend langen Messer köpft er ein hartgekochtes Ei, dann bestreut er es mit Salz und isst es auf. Er sieht kräftig und gesund aus. Das Messer legt er auf den Tisch zwischen uns, direkt neben meinen Laptop. Ich tippe hastig, aber ich fürchte mich nicht. Das sind alles gute Männer hier in diesem Zugabteil, sage ich mir, Männer, die in der Wildnis überleben, aber dabei immer Humanisten bleiben würden. Im Laufe der Fahrt schneidet der Graubärtige mit dem Messer noch Scheiben aus einem großen Riegel Speck.

Er isst dazu Graubrot ohne Butter. Als er sich mit den anderen Männern unterhält, spricht er offenkundig über mich, da er während des Sprechens nachahmt, wie ich über das Touchpad meines Laptops streiche. Er schüttelt den Kopf und winkt ab. Da ich Kopfhörer trage und außerdem kein Russisch verstehe, glaubt er vielleicht, dass ich das alles nicht mitbekomme.

JEKATERINBURG, 23.09.2014

Meine Mutter schreibt mir in einer SMS, dass mir Jekaterinburg – diese Stadt an der Grenze zwischen Asien und Europa – sicher besser gefallen wird als Tjumen. Ich kann nicht genau sagen, wie sie darauf kommt. Zumal Tjumen in seiner extremen Traurigkeit ja zweifellos seinen Reiz hatte, so wie Hildesheim oder Gießen seinen Reiz hatte. Ein Ort, der wenig bietet, lässt Raum für Innenwelten, für die Hoffnung, dass später, an einem neuen Ort, alles besser werden wird. »Tjumen ist Verheißung pur, Mutter.« Diese SMS schreibe ich nicht. Ich treffe Ilona vom Deutschen Lesesaal. Ich glaube, sie ist etwa in meinem Alter, also ist sie vermutlich acht Jahre jünger. Sie begleitet mich zum Lunch in eine Einkaufspassage, wo wir regionale Teigtaschen, Fischsuppe und Salat essen. Wir haben sofort einen guten Draht zueinander. Ilona erzählt von ihrer Art Tagebuch zu führen. Sie benutzt einen einzigen Kalender, in den sie in winziger Schrift das Tagebuch vieler Jahre hineinschreibt. So stehen am zweiten August zum Beispiel die Einträge aller zweiten Augusttage der letzten zehn Jahre untereinander, und sie kann beim Schreiben die Einträge der Vorjahre sehen. In den meisten Jahren sei sie schwer verliebt gewesen, sagt Ilona. Es gehe in ihren Einträgen eigentlich immer um Männer, und manchmal könne sie sich kaum noch an die Männer erinnern, für die sie Jahre zuvor aufopferungsvoll geschwärmt habe. Ich erzähle ihr von meinem eigenen Tagebuch, das eher eine Art Logbuch ist, voller Fakten, die mir beim Erinnern helfen sollen. Ilona und ich sitzen uns bei Teigtaschen gegenüber und verstehen uns blendend. Draußen fotografiere ich im Sonnenschein ein ausgeblichenes Schild, das über einem Elektrofachgeschäft hängt. Es zeigt einen Comickater, der mir völlig unbekannt ist. Ilona erzählt mir seine Geschichte. In dem Comic gehe es um einen Kater, der sehr begabt in der Haushaltsführung sei. Der Kater könne gut kochen und es für sich und seinen Besitzer, einen kleinen Jungen, gemütlich und komfortabel machen. Es gebe außerdem noch einen Hund in diesem Comic, und einen Postboten, der nicht wirklich böse, aber zumindest verschlagen sei. Ilona schwärmt für die Comicserie, und für russische Zeichentrickfilme generell. Die seien nicht so dumm wie zum Beispiel Sponge Bob, sagt sie, selbst die sowjetischen Comics von ganz früher seien nicht so dumm.

24.09.2014

Der zweite Tag in Jekaterinburg ist der letzte meiner Russlandtournee und zugleich der mit Abstand anstrengendste. Ich glaube nicht, dass es in meiner

Tätigkeit als Autor jemals anstrengender war, und ich hoffe, dass es auch nie mehr anstrengender wird.

Ich lese morgens in einer Schule, mittags an einer Uni, abends im deutschen Konsulat, überall gibt es mindestens zwanzig Publikumsfragen, und zwischen den Lesungen gebe ich Interviews für regionale Blogs. Einmal werde ich gefragt, warum in meinem Roman so viel Werbung vorkomme, ob das normal sei in Deutschland, und einmal soll ich sagen, was mir in der weltweiten Literatur fehlt. Ich streite mich mit einem russischen Schauspieler über das Wesen des Menschen, und ich beantworte die insistierend hasserfüllten Fragen einer dunkelhaarigen Frau mit: »Es haben jetzt alle hier im Saal mitbekommen, dass Sie die Hauptfigur des Romans verachten. Wollen Sie noch etwas hinzufügen?« Und als endlich alles vorbei ist, möchte ich meine restlichen Rubel ausgeben, ich will sie alle loswerden, all das Bargeld, das ich unsinnigerweise in Moskau abgehoben habe. Also betrete ich das höchste Hochhaus Jekaterinburgs und fahre ins Restaurant unterm Dach. Es wird Live-Pianomusik gespielt, fast alles im Raum ist weiß, die Wände, die Tischdecken, die Uniformen, und durch die großen Fenster kann man zusehen, wie es dunkel wird. Familien sind da, verliebte Paare, und ich. Ich esse ein Steak und trinke Weißwein und grünen Tee. Während des Essens mache ich viele verschiedene Stimmungen durch. Zunächst bin ich etwas traurig und ausgelaugt, doch mit Einbruch der Dunkelheit, als die Lichter Jekaterinburgs angehen, spüre ich eine gewisse Euphorie. Es ist gut, Russland gesehen zu haben, und es ist ein großes Geschenk, nach Berlin zurückkehren zu dürfen. Als ich noch einen Nachtisch bestelle, weil sonst noch immer Rubel übrig bleiben würden, frage ich die Bedienung, in welche Richtung ich schauen muss, um die europäische Grenze zu erahnen. Ich habe nämlich dummerweise nicht darauf geachtet, wo die Sonne untergegangen ist. Die Bedienung schaut kurz zum Fenster hinaus. Sie sagt: »Sorry. I don't know.«

Liebe
Ökonomie
Niederrhein
Südkorea
Tinder
Migrant Porn
MILF/BDSM/F+

Saranghae

Ok-Hee Jeong

Ich war ein sehr verträumtes Kind und meistens tief versunken in meiner Fantasiewelt. In dieser Welt war ich immer eine Prinzessin. Während ich mit Barbies spielte oder Manga-Figuren zeichnete, dachte ich mir unzählige Geschichten aus. Mein Erzähl-Genre: stets das Liebes-Abenteuer-Drama. Die Hauptfiguren – also ich – waren immer klug, mutig, verwegen und natürlich schön. Sie mussten gefährliche Abenteuer bestreiten und gegen Intrigen, Monster und Bösewichte kämpfen, um ein Happy End mit ihren Prinzen zu finden.

Die Kindheit glitt dann lautlos in die Pubertät, die ich in überwältigender Intensität erlebte – die Zeit des Erwachens. All meine Empfindungen waren höchst sensibilisiert, die Welt fühlte sich dunkel und ungerecht an, in meiner Fantasie erschuf ich sie besser und schöner, und stellte mir jeden Tag die Frage nach dem Sinn des Lebens. An manchen Tagen war ich grundlos überwältigt von der Schönheit des Lebens, im nächsten Augenblick aber pochte das Herz schmerzvoll und schwer, als könnte es jeden Moment platzen. Warum, das wusste ich selbst nicht. Dagegen half es nur, bei Regen ziellos herumzuradeln, durch die Felder, die unsere Neubausiedlung umgaben, und dabei Walkman zu hören. Und wenn der Regen auf mein Gesicht niederprasselte und ich den erfrischenden Wind auf meiner Haut spürte und vom Regen völlig durchnässt wurde, fühlte ich Befreiung, ohne zu wissen, wovon ich überhaupt befreit werden wollte oder wonach ich mich sehnte. Denn dazu reichte meine Fantasie über das Erwachsenenleben da draußen in der weiten Welt nicht aus und der Niederrhein mit der endlos platten Landschaft war meistens grau und trist und leider wenig inspirierend.

Ansonsten verkroch ich mich in mein Zimmer, klimperte auf der Gitarre herum und sang dabei mein Lieblingslied, das mir meine Tante beigebracht hatte. Immer wieder und wieder sang ich inbrünstig: *Saranghae*!

Saranghae dangshieul jeongmallo saranghae
Dangshini naegyeoteul ddeonagandwiae
Eolmana nunmuleul heullyeoneunji moreundao
Ye ye ye ye ye ye ye
Saranghae dangshieul jeongmallo saranghae

»Boah, halt endlich die Schnauze! Hör auf mit dem Gejaule!«, wurde ich aber meist brutal von meinem zwei Jahre älteren Bruder unterbrochen, der zur

사 랑 해

이종용 작사
오경운 작곡

gleichen Zeit mit seiner eigenen Pubertät beschäftigt war.

»Selber Schnauze! Lass mich in Ruhe!«, schrie ich zurück, aber traute mich doch nicht, mit lauter Stimme weiterzusingen. Denn ich fühlte mich peinlich berührt und war zudem beleidigt, dass meine Stimme so verkannt wurde. Aber vielleicht war es gar nicht meine Stimme, die ihn nervte, sondern eher der Liedtext mit dem kitschigen Titel »Ich liebe dich«, der zugegebenermaßen etwas peinlich ist – okay, vielleicht sehr peinlich ist:

Ich liebe dich, ich liebe dich wirklich
Du weißt nicht, wie viele Tränen ich vergoss
Als du mich verließest
Ye-Ye-Ye Ye-Ye-Ye-Ye
Ich liebe dich, ich liebe dich wirklich

Aber analysiert man diesen simplen Text genauer, könnte man ihn fast als eine musikalische Interpretation des Kugelwesens nach Platon verstehen: des entzweiten Wesens, das auf der Suche nach seiner zweiten Hälfte ist und somit sein Leben lang die tiefe Sehnsucht nach der vollkommenen Liebe in sich trägt. Auch könnte es ein Lied über die sinngleiche Geschichte des roten Schicksalsfadens sein – die fernöstliche Interpretation der Liebe. Nach dieser Geschichte sind Menschen, wenn sie auf die Welt kommen, schon durch ihr Vorleben bzw. mit einem unsichtbaren roten Seidenfaden schicksalhaft miteinander verbunden.

Ob meine Großmütter auch diese Mythologie kannten und diese Idee der Liebe wohl eine Rolle bei ihrer Partnerwahl gespielt haben mag? Sicherlich nicht. Denn sie wurden von ihren Eltern verheiratet.

Bei dieser arrangierten Hochzeit wurde bestimmt zuvor eine Heiratskupplerin beauftragt, den passenden Ehepartner zu finden. Denn diese waren die Informationsträgerinnen, Informationsanalytikerinnen und Informationsvermittlerinnen in den alten Zeiten: »Ach, wissen Sie, da ist die Tochter von der Familie im Nachbardorf mit dem Haus am Magnolienbaum. Sie ist ein braves Mädchen mit beträchtlicher Mitgift.«

Ich weiß nicht, was die Heiratskupplerin den Familien meiner Großmutter oder meines Großvaters erzählt hat, aber die Bedingungen beider Familien müssen übereingestimmt haben, denn es kam zu einer Heirat. Eines ist sicher: Die Heiratskupplerin verschwieg, dass mein Großvater ein Charmeur war und die Frauen liebte – leider zu sehr liebte. Er bereitete meiner Oma Zeit ihres Lebens Kummer, denn er ging sehr oft fremd. Aber auch wenn die Familie meiner Oma davor gewarnt worden wäre, hätte das sicherlich keinen Einfluss auf die Heirat ausgeübt, denn die Treue des Mannes war sicherlich eine schöne Tugend, aber nichts gegen die erhoffte wirtschaftliche Absicherung.

Anders als meine Großmutter konnte meine Mutter ihren Mann selbst aussuchen: Sie und mein Vater verliebten sich leidenschaftlich auf den ersten Blick und heirateten. Eine simple Liebesgeschichte.

Und ich?

Anders als meine Großmutter und meine Mutter habe ich in unserer modernen Zeit die Qual der Wahl und dank Tinder, Bumble, OkCupid usw. noch größere Qualen.

Hin und wieder stelle ich mir vor, wie ich mein Kindheits-Ich besuche und ihm von seiner Zukunft erzähle: »Du wirst niemals heiraten. Denn du wirst es spießbürgerlich finden.« – »Häh?«

»Und du wirst viele Jahre Single sein und zusammen mit deinem schwulen Freund Martin jahrelang zu Weihnachten *Bridget Jones* und *Love Actually* gucken und nach Liebe schmachten.« – »Häh?«

Mein Kindheits-Ich würde kein Wort davon verstehen, was ich ihm sage, aber wenn es die Bedeutung verstünde, würde es sicherlich in Tränen ausbrechen und bestimmt nicht erwachsen werden wollen. Denn als kleines Mädchen stand für mich außer Frage, dass ich, wenn ich groß bin, den für mich vom Schicksal vorbestimmten Mann kennenlernen, ihn heiraten, mit ihm vier Kinder haben und glücklich bis ans Lebensende leben würde. Warum gerade vier? Das weiß ich bis heute nicht.

Fast klingt das Gespräch zwischen meinem jüngeren und meinem jetzigen Ich aber auch wie ein Gespräch zwischen mir und meiner Mutter in der Gegenwart: »Mama, es gibt sogenannte Darkrooms, wo du Sex im Dunkeln haben kannst, und da weißt du nicht einmal, mit wem du Sex hast.« – »Eigu!«

»Mama, es gibt einen Club in Berlin, da tanzen die Menschen kaum bekleidet. Du kannst dort vor anderen Sex haben oder Leuten beim Sex zugucken. Man nennt das einen Fetisch-Club.« – »Eigu!«

Bis jetzt habe ich mich mit meiner Mutter weder über Darkrooms oder den KitKatClub noch über Dating-Apps unterhalten. Aber mich würde es nicht wundern, wenn sie mir sogar raten würde, Tinder Platinum oder mindestens Tinder Gold zu abonnieren. Denn sie ist sehr pragmatisch und neuen Dingen gegenüber aufgeschlossen. Sie war auch diejenige, die mir ihren alten Computer überließ und mir die Welt des Internets mit den Worten näherbrachte: »Ok-Heeya, Computer und Internet sind die Zukunft!« Aber auch meine so weitsichtige Mutter hätte sich damals die heutige Zeit nicht mal annährend ausmalen können.

Unser heutiges Leben ist ein großer Online-Einkaufswagen, den wir vollpacken, auspacken, umpacken, wegpacken, um unsere unersättliche Sehnsucht zu stillen. Und für die Sehnsucht nach Liebe stehen Menschenfleischportale wie Tinder bereit, die uns immer bessere und frischere Fleischqualität verheißen. Hier können wir fast alles finden, was unser Herz begehrt: asexuelle, monogame, seriell monogame, polyamouröse, polysexuelle, offene oder heimliche Beziehungen, Hookups, Threesomes, ONS, SM, BDSM, F+ oder Mingles.

Aber so verheißungsvoll Dating-Apps auch sein mögen, für mich als PoC gestaltet sich die Suche nach Liebe hier doch etwas schwieriger als gedacht. Nicht nur werden gerade mir unentwegt und ungewollt Sexsüchtige oder Fußfetischisten vorgeschlagen oder Männer, die von mir angepisst werden wollen, woran ich persönlich null Interesse habe. Ich werde auch immer wieder mit der Frage »Woher kommst du?« penetriert. Denn hier scheint der gesellschaftliche Diskurs über Rassismus noch gar nicht zu existieren.

Fast alle Männer, ob sie nun meine Fußsohle lecken, ihr Gesicht von meinen Füßen zerquetschen lassen oder meinen Urin, der warm auf ihr Gesicht runterläuft, spüren wollen, ob jünger oder älter, langweilen mich mit der Frage: »Woher kommst du?«

Meist noch mit solchen Informationen gespickt:

»Du, meine Ex-Freundin ist eine Halbvietnamesin!« – »Aha?!«

»Ich hatte letztens ein Tinder-Date mit einer Japanerin!« – »Aha?!«

»Hey, ich war schon mal in China!« – »Aha?!« – »Vor 10 Jahren.«
»Weißt du was, der Freund von meiner Schwester hat mit einem Koreaner studiert.« – »Ah … What the fuck?!«

Geboren in Südkorea, lebe ich seit meinem achten Lebensjahr in Deutschland, aber mein Geburtsland ist als mein siamesischer Zwillingsbruder auf meinem Rücken zu einem Buckel verwachsen. Nicht na-tür-lich verwachsen, sondern von einem BDSM- Fetischisten, der vom *Migrant Porn* und *Racial Fetish* träumt, mit einem billigen Nylon-Seil in tausend bizarren Matrosenknoten festgezurrt.

Für jemanden, der auf Asiatinnen steht, bin ich sicherlich ein guter Treffer. Objektiv betrachtet bin ich schließlich eine Asiatin. Für diejenigen, die auf MILFs stehen, bin ich sicherlich ebenfalls ein guter Treffer. Und für diejenigen, die auf Asiatinnen und gleichzeitig auf MILFs stehen, bin ich wahrscheinlich ein super Treffer. Was aber nützt mir dieser einseitige Algorithmus? Ich bräuchte eine völlig andere Berechnung, die lautet: »Eine Asiatin sucht einen Cis-Mann, der nicht auf Asiatinnen und MILFs steht.«

Doch wer weiß, vielleicht kann man eines Tages in den Dating-Apps – vergleichbar zu den Pornoseiten, die man von A bis Z durchklicken kann – alle Wünsche in kleinste Details kategorisieren und die Entsprechung finden: ein individualisierter Supermarkt nach Buchstaben, sexuelle Vorlieben mit Charaktereigenschaften verschmolzen. Dann stehen bei »A« nicht nur »anal«, sondern auch »anmutig« und »angenehm«, bei »b« nicht nur »bisexuell« und »BDSM«, sondern auch »begeisterungsfähig«, bei »H«

nicht nur »Hausfrau«, »haarig« und »hässlich«, sondern auch »herzlich« oder bei »Z« nicht »Zwerg«, sondern auch »Zwergkaninchenliebhaber«. Und nicht zu vergessen vielleicht bei »F« neben »Fisting« und »freundlich« auch »Fußgröße« für Fußliebhaber, wenn das für ihren Fetisch von Belang wäre.

Südkorea, das Land der Morgenstille, hat derweil den Supermarkt der Liebe zur Perfektion gebracht. Die guten alten Heiratskupplerinnen sind schon längst den Heiratsvermittlungsagenturen gewichen. Und sie florieren, denn immer noch geht es in der südkoreanischen Gesellschaft, die sich damit rühmt, die schnellste Internetverbindung der Welt zu haben, darum, sich durch Heirat wirtschaftlich abzusichern, denn das Sozial- und Rentensystem ist immer noch völlig unzureichend.

Diese Agenturen strukturieren die Kundeninformationen leidenschaftslos, und kategorisieren ihre Kunden in einem Punktesystem nach Vermögen, Beruf, Alter, Körpergröße, Körpergewicht, Ausbildung, Universitätsranking, Arbeitsplatz und Familienverhältnissen. Ihr eigenes Algorithmus-System findet ein perfektes Match für gleich gelabelte Paare, schön nach Klasse A, Klasse B, Klasse C usw., sprich in die Kategorien »Luxusartikel« oder »Discount-Mangelware« unterteilt. Würde man mich durch dieses Rechensystem schieben, also mit »klein, alt, freiberuflich und nicht vermögend«, käme wahrscheinlich die Note »F Minus« heraus. »F« wie die deutsche Schulnote »Ungenügend« oder »F« wie »Fuck your life!«

So gesehen mutet die ökonomisierte Liebe im Westen fast unschuldig und romantisch an durch den scheinbar »demokratischeren Algorithmus«.

Man möchte sich fast der Illusion des Tinder-Märchens mit rosa Glitter-Happy-End hingeben.

Tatsächlich kenne ich selbst viele erfolgreiche Tinder-, Bumble- oder OkCupid-Liebesgeschichten in meinem Freundes- und Bekanntenkreis. *Love Actually* und *Bridget Jones* schaue ich auch schon lange nicht mehr über Weihnachten, denn auch Martin hat inzwischen sogar über Grinder – ohne, wie auf dieser Plattform üblich, Dickpics auszutauschen – seinen Freund kennengelernt, mit dem er seit einigen Jahren glücklich in einer monogamen Beziehung ist.

Martin ist auch derjenige, der sagt: »Ok-Hee, weißt du, ein einziges Match reicht aus!« Dieser Spruch ist so überzeugend, dass ich ab und zu fast geneigt bin, mich doch wieder bei Dating-Apps anzumelden, von denen ich mich schon längst abgemeldet habe. Aber dann rufe ich mir all jene vollkommen absurden und verzichtbaren Tinder-Erfahrungen in Erinnerung. Und die Antwort ist eindeutig: No! No! No!

So witzle ich mit meinen Freunden, die ausnahmslos in einer Beziehung sind, herum:

»Wahrscheinlich bin ich noch mit 80 Single und versuche Männer zu daten.«

»Ok-Hee, aber selbst mit 80 wirst du 10 Jahre jünger aussehen und jüngere Männer daten.«

»Ah, na super!«

Ja, wer weiß. Vielleicht gibt es, wenn ich 80 bin, unschlagbar komplexere Algorithmen und ich finde das ultimative Match? Ja, wer weiß! Und dann date ich vielleicht so 'nen flotten Siebzigjährigen, den ich bei der zukünftigen Senioren-Dating-App *Silver Love Forever* kennenlerne, bei der ich solche

Zusatzinformationen wie »Altersinkontinenz Stadium 2« oder »Pflegestatus 2« eingeben muss. Dann werde ich vielleicht doch noch ein weißes Happy End zelebrieren, wie ich mir es immer als Kind ausgemalt habe.

Und ich werde ihm inbrünstig zuhauchen: *Saranghae.*

Miniatur-Nippel
Quasimodo
Monobraue
Ecstasy
Chai Latte
Eyeliner
Trance

Porträts von Bekannten und Unbekannten

Lola Arias

Lily hatte blond gefärbte Haare, war Anfang zwanzig, mit einem langen, gefügigen Körper. Sie lebte bei uns zuhause in dem Zimmer hinter der Küche, zusammen mit der Schildkröte, die sich unter dem Wasserboiler befand. Das Zimmer hatte ein kleines Fenster mit Milchglas, das nicht viel Licht hereinließ, und ein winziges Badezimmer. Lily putzte und musste auf uns aufpassen, während meine Eltern bis in die Nacht arbeiteten. Eines Tages, als sie in ihrem kleinen Zimmer bügelte, fragte sie mich, ob ich ein Geheimnis wissen wolle. Sie hob ihr T-Shirt hoch und zeigte mir einige Miniatur-Nippel auf ihrem Bauch. Das sind überzählige Brustwarzen, sagte sie zu mir. Ich stand schweigend da, schaute auf ihren Bauch und dachte, dass sie wie eine Hündin ist, die viele Welpen gleichzeitig säugen muss. Sie zog ihr T-Shirt wieder herunter und bügelte weiter. Wir haben nie mehr darüber gesprochen.

Sie hatte braune Haare, die elektrisiert wie ein Nest von ihrem Kopf abstanden, und war etwa acht Jahre alt. Ich erinnere mich kaum noch an sie, nicht an ihre Stimme und auch nicht daran, ob wir wirklich Freundinnen waren. Ich weiß nur noch, dass wir zusammen zum Englischunterricht gingen, in einem Privatinstitut. Eines Tages, als wir auf dem Flur des Instituts darauf warteten, dass unsere Eltern uns abholten, schlug sie mir mit der Faust in den Bauch. Ich weiß nicht, warum sie mich geschlagen hat und auch nicht, was davor oder danach passiert ist. Ich erinnere mich nur an das Loch im Bauch, die Luft, die mir wegblieb, die Locken, die mich nicht atmen ließen.

*

Ich weiß nicht, wie er hieß, aber ich habe mehrmals gesehen, wie er mit seinen Paketen durch die Straßen humpelte. Er war enorm groß, eine Art Quasimodo-Postbote, der in meinem Viertel herumging. Eines Tages klingelte er bei mir, und nachdem er die Treppen zum ersten Stock hochgekommen war, war er ziemlich außer Atem. Ich sagte ihm in meinem primitiven Deutsch, dass die Gegensprechanlage nicht funktionierte und ich ihn nicht gehört hätte und dass es mir leidtäte, dass ich nicht nach unten gegangen sei, um das Paket zu holen. Er sah mich an und sagte kein Wort. Ich wollte ihm schon ein Glas Wasser anbieten, da drehte er sich ganz schnell um und lief die Treppe runter.

*

Der Mann hatte schwarze Haare und schwarze Augen. Er muss in seinen Dreißigern gewesen sein, vielleicht auch älter. Ich war zehn Jahre alt und kam mit meiner achtjährigen Schwester von der Grundschule nach Hause. Wir waren eine Haltestelle vor unserem Haus an der juristischen Fakultät aus dem Bus gestiegen und wollten die kleinen orangefarbenen Kieselsteine auflesen, die sich vor den Säulen der Universität wie die Erde eines unbekannten Planeten auftürmten. Als wir den breiten Bürgersteig des ATC überquerten, kam der Mann auf uns zu, und als er sah, dass wir Blumen und Steine in den Händen hielten, sagte er: »Warum kommt ihr nicht mit, ich kenne da drüben einen Park mit vielen Blumen?« Ich sagte, ich müsse zurück nach Hause, sie würden auf uns warten, und setzte meinen Weg fort, aber er ging weiter neben uns her und stellte Fragen, als sei er ein Freund, den wir zufällig getroffen hatten. Ich glaube mich zu erinnern, dass ich ein hellblaues ärmelloses Hemd trug, mit einer blumenbestickten Brusttasche. Während er so redete, legte der Mann seine Hand auf meine Schulter und meinte was von wegen wo meine Milchzähne geblieben seien. Ich weiß nicht, wann oder wie, aber auf einmal steckte er seine Hand in meinem Mund und fuhr mit den Fingern über meine Vorderzähne. Jetzt war klar, dass da was nicht stimmte, und ich sagte meiner Schwester, sie solle schnell nach Hause laufen, und dann biss ich ihm in die Hand und lief weg. Wir rannten und rannten, ohne uns umzusehen.

*

Marcos hatte dunkle Haut, eine Adlernase und fast eine Monobraue. Er sah gut aus, war aber irgendwie ein Angeber, wie jemand, der mit neunzehn Jahren schon die Tricks der erfahrenen Jäger kennt. Ich lernte ihn kennen, als ich siebzehn war, weil er mit einer Freundin von mir ging, und außerdem war er auch öfter bei einer anderen Freundin und spielte Gitarre. Er gehörte zu uns, und weil er Musiker war und Gedichte las, fanden ihn alle charmant.

Er lebte mit seiner Mutter und seinen Brüdern und Schwestern in einer zweistöckigen Wohnung im Zentrum. Alle seine Geschwister machten Musik oder schrieben Gedichte oder sowas Ähnliches und das Haus schien voller Bücher und Musik zu sein. Das erste Mal, dass wir zusammen waren, war bei einem Konzert seines großen Bruders. Im Gedränge eines verrauchten Kellers nahm er meine Hand und steckte sie in seinen Mantel, und wir verbrachten die ganze Nacht so, und streichelten uns in seiner Manteltasche gegenseitig die Hand, damit keiner es sehen konnte.

Danach waren wir einige Monate zusammen, und ich glaube, er war der erste Mensch, mit dem Sex sich wie etwas Gutes anfühlte; alles, was davor in der Richtung passiert war, war eine Qual gewesen. Ich verliebte mich in ihn, aber er hatte viele Verehrerinnen, was nicht einfach für mich war; und irgendwann haben wir aufgehört, uns zu sehen.

Viele Jahre später, wir waren schon über dreißig, liefen wir uns auf einer Party über den Weg. Er war betrunken und fing an, auf Dinge aus der Vergangenheit anzuspielen, als würde er es wieder drauf anlegen. Ich sah ihm zu, wie er die gleichen Posen von früher einnahm und dabei leicht neben der Spur zu sein schien, was ihm wohl peinlich war; wie jemand, der vor einem zerknitterten Poster steht, auf dem die Idole seiner Jugend abgebildet sind.

*

Petra trug Hosen mit Tiermotiven und sprach mit einem erfundenen Akzent, einer Mischung aus Chilenisch und Deutsch. Ihr Akzent erinnerte mich an einen Freund, der auf einem anderen Kontinent lebte. Das, glaube ich, war der Grund, weshalb ich sie von Anfang an mochte. Als ich Petra das erste Mal sah, redete sie viel, während sie hinter ihrem zweijährigen Sohn herlief, dessen Mund gleichmäßig mit Rotz und Sand verschmiert war. Wir sahen uns oft, fast immer mit den Kindern, und versuchten, unterbrochen von den Kleinen, Freundinnen zu werden, während das eine Kind in die Hose gemacht und das andere sein Spielzeug im Sand verloren hatte oder vom Fahrrad gefallen war.
Wir redeten vielleicht über unsere Klamotten, um dann irgendwann bei Naturkatastrophen zu enden. Manchmal erzählte Petra mir Details aus dem Leben von Leuten, die ich nicht kannte. Manchmal verliefen sich unsere Gespräche, die Kinder fielen uns ins Wort und riefen *Mamá*, wann immer es ihnen einfiel. Manchmal aber besprachen wir ein Geheimnis, und dabei vergaßen wir die Kinder, und wenn wir aufschauten, waren sie plötzlich verschwunden. Dann ging eine von uns durch den Park und rief ihre Namen, und wir fanden sie irgendwo auf einem Baum oder beim Duell mit angespitzten Ästen. Ich erinnere mich nur daran, dass er blond war und dass ich mich in einem Urlaub in Brasilien unsterblich in

ihn verliebt hatte, als ich elf war. Wir trafen uns in einer Pizzeria in einem stillgelegten Flugzeug und schauten uns die ganze Zeit an. Als ich auf den Parkplatz ging, um das Auto meines Vaters zu holen, kniete ich mich auf den Steinboden und bat Gott, ihn wiederzusehen, obwohl ich weder katholisch war noch wusste, wie man betet. Eine halbe Stunde später sah ich ihn in einer Eisdiele in Ponta das Canas wieder, und so schauten wir uns wieder die ganze Zeit an. Nené war eine spindeldürre Frau mit weißem Haar, weißer Schürze und einer Obsession: Sie kontrollierte die Fingernägel der Jungen und Mädchen, schnüffelte an ihren Schuhen, demütigte die Jungen und Mädchen mit bösen Bemerkungen über ihre schlaffen Frisuren, ihre Kleidung mit Falten und Löchern, ihre schmutzigen Schuhe, das Essen, das an ihren Gesichtern klebte, die schwarzen und braunen Flecken überall auf ihren Körpern.

Nené war Lehrerin in der vierten Klasse, eine Art Verfechterin von Hygiene und Sauberkeit aus der Zeit der Militärdiktatur. Ich weiß noch, wie ich in der Schlange stand und Nené von mir verlangte, ihr meine Hände zu zeigen. Ich war entsetzt, weil meine Nägel immer sehr schmutzig waren. Meine Nägel ragen weit über meine Haut hinweg, und genau da sammelt sich der Dreck, ob ich will oder nicht.

*

Ani hatte lange Haare, ein rundes, flaches Gesicht, blaue Augen und sehr lange Beine. Sie war auf eine Weise schön, die schwer zu ignorieren war. Als ich sie kennenlernte, war sie 22, kaute Minzkaugummi und trank in regelmäßigen Abständen Chai Latte bei

Starbucks, während sie alles, was ihre Professoren sagten, in einem Spiralheft notierte. Sie kam aus Chile und schrieb Theaterstücke, genau wie wir alle, die das Stipendium in Madrid absolvierten.
Einen Monat lang waren wir unzertrennlich: Nach den Stipendienkursen sahen wir uns Theaterstücke an und gingen in Bars und verbrachten Stunden mit Madrider Schauspielerinnen aus fünftklassigen Fernsehserien und mit radikalen lateinamerikanischen Künstlern. Eines Abends, auf der Toilette eines Clubs, erzählte sie mir, dass sie auf dieser Reise gemerkt habe, dass sie auf Mädchen stehe, und dass sie zum ersten Mal mit H. geschlafen habe, einer Spanierin, mit der wir beide befreundet waren. Ich war sprachlos, und als ich aus der Toilette kam, stand ein Bekannter aus dem Kurs vor uns und steckte uns Pillen in den Mund. Es war meine erste Nacht auf Ecstasy, und ich schlief mit dem Jungen, der die Drogen verteilte.
Seitdem sind Ani und ich sehr eng befreundet, obwohl wir in verschiedenen Ländern leben. Ani hat im Laufe der Jahre ihr Leben und ihren Beruf gewechselt: Sie war Theaterautorin, Dramatherapeutin, Schauspielerin, Experimentalfilmerin, Organisatorin von Kulturveranstaltungen, Masseurin, Heilerin und zuletzt Schamanin. Jede neue Wendung in ihrem Leben wurde von einer neuen Liebe und einem neuen Zuhause begleitet.

Zuletzt begann sie, mit ihrem Hund Lenon und anderen Tieren in den Bergen zu leben. Auf dem

Gipfel spielt sie tibetische Klangschalen und singt. Mein Sohn und ich hören ihr auf Instagram zu.

*

Polo war ein Schauspieler und so anpassungsfähig, dass er eine Pflanze spielen konnte. Er war kein Charakterdarsteller, sondern jemand, der seinen Körper in Gummi verwandeln konnte, bis von seinem Gesicht nichts mehr übrig blieb. Polo sah nicht besonders gut aus, er hatte ein eher verschlafenes Gesicht, und war auch nicht charismatisch, aber trotzdem irgendwie faszinierend. Er hatte ein Talent dafür, die Leute zum Lachen zu bringen, indem er verzerrte und unerklärliche Szenen spielte, obwohl ich ihn überhaupt nicht als witzig bezeichnen würde.

Wir besuchten zusammen einen Theaterworkshop und waren viele Jahre lang befreundet. Ich glaube, dass wir irgendwann auch eine Zeit lang Sex hatten, aber ich bin mir nicht ganz sicher, denn es war eine Zeit, in der ich mit fast allen meinen Freunden schlief.

Wir aßen Reis mit Thunfisch aus der Dose, tranken literweise billigen Wein und rauchten Marihuana. Wir haben Szenen geprobt und über Szenen und Ideen gesprochen, die wir machen wollten. Ich erinnere mich, dass wir viel gelacht haben. Sein Lachen war so explosiv, dass man mitlachen musste. Ich erinnere mich an den langen Gang bis zu seiner Haustür, von zwei hohen Zementmauern begrenzt, und an den kleinen Hof, eine Pflanze, an das Licht. Ich habe nie wieder etwas von ihm gehört. Jemand sagte mir, er habe eine Tochter und sei aufs Land gezogen.

*

Nino hatte einen Plattenladen, aus dem er ein Lampengeschäft gemacht hat, in dem manchmal auch Sachen aus Wolle verkauft werden, direkt neben meinem Haus in Berlin. Eines Tages bat er mich, mein Fahrrad nicht in den Fahrradständer vor seinem Laden zu stellen, aber als er mich mit meinem Sohn Spanisch sprechen hörte, wurde er freundlicher. Seitdem unterhielten wir uns jedes Mal, wenn ich das Fahrrad herausholte, über Pflanzen, über Peru, über seine Kinder. Er erzählte mir, dass seine Kinder erwachsen sind, aber nicht ausziehen wollen, weil er ihnen das Mittag- und Abendessen kocht.

*

Fei war Dichter, Musiker und der Herausgeber einer Literaturzeitschrift. Als ich ihn kennenlernte, war ich zwanzig, er war ein paar Jahre älter, und wir studierten Literatur. Wir begegneten uns in einem Seminar über Gothic-Literatur mit dem Titel »Textuelle Melancholie und die Figur der schönen Leiche«. Als der Dozent unsere Namen vorlas, damit wir Gruppen bilden konnten, erkannte ich ihn, denn er hatte gerade ein Buch veröffentlicht, das ich für ein Meisterwerk hielt, und ich wollte sofort mit ihm zusammenarbeiten.

In den folgenden Wochen trafen wir uns, um unsere Seminararbeit vorzubereiten, wir schrieben Gedichte, tranken Whisky, trafen andere, die auch Dichter waren, und wurden unzertrennlich. Ich wollte schreiben wie er, reden wie er, seine Lederjacken tragen und immer Eyeliner auf den Augen haben. Ich ahmte ihn in allem nach, aber ich hatte nicht einmal ein Zehntel seines Stils.

Die Präsentation unserer Arbeit im Seminar zu Deleuzes Buch über Sacher-Masoch und den Masochismus war wie eine Trance. Wir lasen Gedichte, wir musizierten mit Kinderinstrumenten und bewegten uns vor der Klasse wie Vampire. Niemand verstand ein Wort, am Ende aber beglückwünschten uns alle euphorisch, als hätten wir gerade den Ritus eines unbekannten Stammes vollführt.

Später waren wir mehrere Jahre lang sehr gute Freunde, bis das Schicksal uns auseinanderführte. Er heiratete eine Schriftstellerin, die Flamenco tanzte, sie bekamen ein Kind und kauften ein riesiges Haus, das wie ein Schloss aussah, in dem er in einem Turm ein Alchemielabor einrichtete und das Haus nie verließ. Ich heiratete einen Schweizer Künstler, verließ Argentinien und lebte ein paar Jahre lang ein Nomadenleben.

Das letzte Mal sah ich ihn bei einem Literaturfestival in Buenos Aires, nach meiner Scheidung und in meinem neuen Leben. Wir waren beide um die vierzig, aber er sah noch genauso aus wie mit zwanzig, las Gedichte, die von einer Traumlampe beleuchtet wurden, und spielte auf einem Miniatur-Keyboard. Als er seinen Vortrag beendet hatte, umarmten wir uns, und ich fragte ihn:

»Wo warst du die ganze Zeit?«

»Und du?«

In einem literarischen Langzeitprojekt porträtiert Lola Arias all die Menschen, die ihr je begegnet und in Erinnerung geblieben sind. Die Miniaturen, die dabei entstehen, sind wie Puzzlestücke einer eigenen Biografie.

Editorische Notiz: Die vorliegende deutsche Fassung von Wolf Farkas basiert auf der englischen Übersetzung von Daniel Tunnard sowie dem spanischen Original.

Nichts
Kakerlaken
Hölderlin
Mausoleum
2.000 Lichtjahre
Downtown
640×480

Das Fisch-Problem

Zoran Terzić

New York, 1999 – Ich gehe abends durch den Meat District, dem neuen Epizentrum der Manhattaner Kunstszene. In einer Galerie entdecke ich einen wandhoch installierten Wasserfall, auf den ein Fisch projiziert wird. Erst denke ich mir nichts dabei, doch als ich mich später mit meinem Kollegen Daragh über die Ausstellung unterhalte, fange ich an, mich zu wundern: Wo ist der Zufall, die Phantasie, die Mehrdeutigkeit? Denn wer so etwas ausstellt, zeigt auch den Film *Water World* in einem Schwimmbad oder ersetzt einen Autoscheinwerfer durch einen Videobeamer und schaut beim Fahren *Fast & Furious*. Warum es nicht bei einem Wasserfall belassen? Warum clever sein wollen? Warum ein Zeichen setzen? Daragh und ich verwenden seither den Ausdruck Fisch oder sprechen vom Fisch-Problem, wenn wir auf etwas stoßen, das stimmig ist, aber gerade deswegen nicht stimmt. Kunst ist es nämlich, das auszudrücken, was da ist, nicht mehr und nicht weniger. Und doch tun die meisten Menschen das Gegenteil: Unsere Biografien sind durchsetzt mit Ausschmückungen, Verschleierungen, Übertreibungen, Ausreden, Fadenscheinigkeiten, allerlei ›Fischigem‹ also. Da hilft es, sich zu den Dingen einfach und auf Ebene der »niedersten Zusammenfügung« zu verhalten, wie es bei Robert Musil heißt. Es gibt einerseits dieses alte Prinzip der Kunst, von der Subjektseite her ein toter »Spiegel der Natur« zu werden und damit alle fischige Ambition auszusetzen. Andererseits gibt es das Drängen des Nichts von der Objektseite her: die Ausschaltung des Willens durch die Apparatur, die Immersion des Subjekts in hochtechnologisierte Alltagsprozesse, die Entindividualisierung in Zeiten des Hyperindividualismus. In die Leerstelle von Subjekt und Objekt tritt der Fisch als Ersatz für eine verloren gegangene Erfüllung. Er ist eine überflüssige Repräsentation, ein Schatten auf der Suche nach seinem Licht …

Mitte der 2000er Jahre – Ich fahre nachts durch eine verlassene Industriezone, erblicke ein riesiges Billboard über einer Brachlandschaft. Seine Produktwerbungen wechseln rhythmisch, strahlen in die Nacht. Ich bin der einzige Zuschauer. Ich fahre weiter und lande vor einem hell erleuchteten, menschenleeren Diner. Fernsehmonitore spielen sich gegenseitig Nachrichten vor. Jahrzehnt um Jahrzehnt, Kontinent um Kontinent komme ich nachts an geschlossenen Geschäften vorbei, betrete leere Bahnhofshallen, schreite durch leere Malls,

leere Märkte, leere Plätze. Wie Nietzsche einmal schreibt, sind die Dinge die Grenzen des Menschen, doch irgendetwas sagt mir, dass sie sich von uns allmählich entgrenzen. Algorithmen, die in Sekundenbruchteilen Börsengeschäfte abwickeln, künstliche Intelligenzen, die die Identität von Denken und Data propagieren und Essays schreiben, die so klingen wie dieser hier. Die Dinge benötigen uns nicht mehr. Profite benötigen keine Profiteure, Algorithmen keine Programmierer, Kunst keine Kunstschaffenden, Leben kein Lebendes. Die nihilistische Idylle, die Brache inmitten der Zivilisation, die wir euphorisch und massenhaft reproduzieren, ist virulent. Wie schreibt Hölderlin in Mnemosyne: »Ein Zeichen sind wir, deutungslos …«. Vielleicht imitiert längst eine Horde Nichtseiender die Seienden. Billboardmenschen mischen sich unter Echtzeitmenschen. Der Gegenstand der Technik ist die Verzweiflung, doch mitten darin packt uns ungezügelte Neugier. Die Vorstellung, dass menschliche und nichtmenschliche Wesen auf derselben ontologischen Stufe anzusiedeln sind, geht allein auf menschlichen Narzissmus zurück, sie ist nicht dessen Überwindung. Das Raubtier, das uns auffrisst, statt sich von uns streicheln zu lassen, zerrt den Menschenleib auf seine ontologische Ebene. Es agiert nie ›postanimalisch‹ und will auch nicht ›aufklären‹. Die Bürokratie, der Algorithmus, der Prozess: Das alles frisst uns, während es uns streichelt.

Ewig – Jaron Lanier reicht Ende der 1990er das Konzept einer genetischen Zeitkapsel bei einem Ideenwettbewerb des American Museum of Natural

History in New York ein. Der Entwurf sieht vor, das Menschheitswissen in die DNA von Kakerlaken zu kodieren. Da diese Insekten widerstandsfähiger als Menschen sind, werden sie unsere Daten über die Zeit retten. Doch wozu und für wen? Auch Außerirdische sterben einmal aus. Ich stelle mir als Gegenentwurf vor, ein Mahnmal als ›Endmal‹ in den Weltraum zu schießen. Im Gegensatz zu NASA-Raumsonden wie Pioneer oder Voyager wäre dieses Space-Mausoleum kein Archiv, es hätte auch keine Botschaft, sondern ähnelte einem Erlebnispark der Seelenlosen – ein Spuk im Weltall. Zur Realisierung wäre eines der historischen Schiffswracks geeignet, das vom Grunde des Ozeans geborgen und in den Himmel geschossen werden könnte. Oder wie wäre es mit einem Billboard in Space, das Produkte der 1990er Jahre bewirbt? Das wäre die überflüssigste aller Repräsentationen der Menschheit. Doch könnten wir damit zumindest erahnen, wie es sich anfühlt, zugleich belanglos und inexistent zu sein.

Chronovisor – In der Frage des Fisches schlummert die Frage nach dem Sinn, nach dem Woher und dem Wohin. Sie begegnet einem überall. Das Absolute, das Galaktische, der nervige Nachbar, das Insekt, das Meme, der Tweet: Das alles ist zugleich und momentan, hier und jetzt, vergangen und ewig. Wie wäre es, wenn alle Lebensmomente gleichzeitig geschähen? Der tiefste aller Triebe, der Wille zur Zeit, erklärt auch den Mythos des Chronovisors, eines Zeitseher-Gerätes, das in den 1940er Jahren vom Priester Pellegrino Ernetti im Vatikan entwickelt worden sein soll. Ernetti behauptete, damit in der Weltgeschichte vor- und zurückspulen zu können und so ein Echtzeitbild von Jesus Christus erhalten zu haben, vergleichbar mit dem Turiner Grabtuch oder den Jesusbildern, die Online-Gläubige auf verbrannten Toasts entdecken. Ernettis Wundergerät, so wurde in der Boulevard-Presse der 1970er Jahre kolportiert, sei Teil einer internationalen Intrige, an der Superhirne und Bösewichte der Kriegs- und Nachkriegszeit beteiligt gewesen sein sollen. Don Ernetti, der Exorzist und Möchtegern-Physiker, wollte die historische Zeit durch die dunkle Kunst der Seher ans Licht bringen. Sein Chronovisor ist die physikalische Version des allwissenden Laplace'schen Dämons, der die Weltmomente aller Zeiten gleichzeitig überblickt. Alles, was auf der Erde geschieht, strahlt als Licht in den Weltraum. Außerirdische Zivilisationen, die sich etwa in der Nähe des Orion-Nebels 2000 Lichtjahre entfernt von uns befinden und in diesem Moment durch ein Teleskop schauten, könnten Christi Geburt beiwohnen. Das Zeitsehen ist also nicht unmöglich, sondern eine Frage der Wahrscheinlichkeit. Die Offenbarung kämpft jedoch nicht um wissenschaftliches Know How, sondern ums Absolute. Niemand kann statistisch glauben, und alle, auch Atheist*innen, hoffen auf das Wunder des Überlebens, wenn sie z. B. todkrank werden. Daher führt die Objektivierung der Zeit durch den Chronovisor zum Ende aller Hoffnung. Das Einzige, das die Kirche mehr fürchtet als den Teufel, ist die Wahrscheinlichkeit Gottes, d. h. die Unmöglichkeit des Wunders. Ernetti musste daher 1988 seine Erfindung widerrufen, und der Vatikan verfügte, dass »jeder, der ein Instrument mit solchen Eigenschaften benutzt, exkommuniziert wird«.

Stop & Go –

Ich blicke lieber in meinen mir angeborenen Chronovisor und sehe 1996 einen alten Mann die Straße in Downtown Manhattan entlanggehen. Plötzlich bleibt er stehen, trippelt dann ein paar Meter weiter, hält wieder an und trippelt weiter. Hält an, trippelt weiter. Das geht eine Weile. Ich notiere seinen Rhythmus des Anhaltens und Gehens. Mir fällt eine Sequenz auf, die sich wiederholt:

gehen gehen gehen, stoppen gehen stoppen,
stoppen stoppen, gehen gehen gehen, gehen stoppen

Zuhause angekommen, übertrage ich die Sequenz in ein Strichmuster:

– – – . – . . . – – – – .

Dann packt mich etwas, und ich übersetze die Partitur ins Morsealphabet. Es ergibt sich:

O R I O N

Es ist Kunst, aus der der Stoff gemacht ist, aus dem auch Träume gemacht sind. Ich werde nie verstehen, warum der alte Mann so gegangen ist, aber sein Gang und mein Verstehen sind gleichberechtigt. Der Mann war womöglich ein harmloser Amokläufer, ein Amokgeher – eine Person, die unbestimmt, aber absolut handelt. In jeder Ausnahmetat ordnen sich Bewertungsmassstäbe neu an. »Da du hier neu bist, geb ich dir einen guten Rat«, sagt mir der Vermieter, als ich 1998 die Wohnung in Greenwich Village verlasse. »Versuche, die Dinge hier so zu nehmen, wie sie sind.« Draußen treffe ich auf einen Nackten mit wirrer Frisur, der sich in transparentes Klebeband gewickelt hat und »Good Morning« sagt. Das ist nicht akzeptabel.

92. Stock – Während der Fisch in der Galerie noch den Wasserfall erleuchtet, erstrahlt das Millenium neonfarben. Im Internet schalten sich Informatiker und Finanziers kurz, die Blue-Chip-Welle hat eingesetzt, das digitale Babylon kündigt sich an. Neureiche strömen nach Jersey City unweit meines Apartments in der Christopher Columbus Avenue. Die Fadenscheinigkeit versetzt Berge, ob Kunst, ob Business, alle leben von selbsterfüllenden Prophezeiungen, bis die Dotcom-Blase zerbirst. Ich sehe im Frühsommer 2001 einen Flyer fürs Atelierprogramm im World Trade Center. Die Arbeitsräume befinden sich im 92. Stock des North Tower. Ein koreanischer Kollege ist bereits dort. Mein Plan ist, im September 2001 zu beginnen, doch versäume ich es, die Bewerbung rechtzeitig abzuschicken. Das Wissen um die Zukunft ist nicht geheimnisvoller als das Wissen um die Vergangenheit. Die Zukunft ist ein *Sunken Place*, das, was im Untergrund des Bestehenden rumort. Irgendein Einsturz ist immer vorgesehen und einberechnet. Selbst beliebigste Vorhersagen sagen die Zukunft treffend voraus – hier etwa ein Zitat aus meiner Video-Prophetie von 2022: »Computer und Irre werden das Jahrhundert beherrschen.«

100% – Der kreative Prozess ist absolut, daher ist er ebenso wahr wie ungewiss – wäre etwas an ihm gewiss, wäre er nicht kreativ. Mit Fischaugen starren uns dagegen die Tatsachen an, und wir starren zurück, aus dem Zwischenreich einer Zwischenzeit. Denn wir wissen zwar, was generell kommen wird, aber wir wissen nicht, was in jedem Moment ankommt, was also das Neue ist. Tommy, mein art instructor, nimmt mich eines Abends mit zum Times Square. Er möchte mir etwas zeigen. Wir gehen ins McDonalds-Restaurant, dann begeben wir uns nach oben in den ersten Stock. Dort befindet sich ein großer Glaskasten, in dem eine farbenfrohe Miniatur des Times Squares aufgebaut ist: Straßen, Wolkenkratzer, Geschäfte, Fußgänger, Autos. Da der Glaskasten nach oben hin offen ist, haben sich zahllose Restaurantgäste einen Spaß daraus gemacht, Essensreste hineinzuwerfen. Das verwandelt die Miniaturwelt in ein Endzeitdesaster: Burger Buns hängen wie UFOs auf Häusern, Salatblätter und Tomatenstücke werden zu Monstern, die Passanten unter sich begraben, Ketchupflecken gemahnen an Straßenmassaker, und Mayo überzeugt als Alienschleim. Frei nach George Orwell: Wenn du dir ein Bild von der Zukunft machen willst, dann stelle dir einen Menschen vor, der von einer riesigen Pommes erschlagen wurde. Wir befinden uns inmitten der Apokalypse, müssen unserer Zeit keine Symbole mehr hinzufügen, denn sie symbolisiert sich selbst. Ich verabschiede mich von Tommy, schaffe mir eine Email-Adresse bei hotmail.com an und kaufe eine Digitalkamera mit 640 × 480 Auflösung. Das neue Jahrtausend kann kommen …

Autorinnen und Autoren

Adriana Altaras wurde in Zagreb geboren. Sie wuchs in Italien und Deutschland auf, Studium an der Hochschule der Künste Berlin und der New York University. Sie ist Mitbegründerin des Theaters zum Westlichen Stadthirschen und schreibt u.a. für die FAZ, Jüdische Allgemeine Zeitung und Zeit online. Publikationen bei Kiepenheuer & Witsch: »Titos Brille« (KiWi, 2011), »Doitscha« (KiWi 2014), »Das Meer und ich waren im besten Alter« (2017), »Die jüdische Souffleuse« (2018), »Besser allein als in schlechter Gesellschaft« (2023).

Lola Arias (Argentinien, 1976) ist Schriftstellerin, Theater- und Filmregisseurin. In ihren Arbeiten bringt sie Menschen mit unterschiedlichem Hintergrund (Kriegsveteranen, ehemalige Kommunisten, Migrantenkinder usw.) in Theater-, Film-, Literatur-, Musik- und Kunstprojekten zusammen. Zahlreiche Preise und internationale Produktionen.

Josepha Conrad wurde 1973 in Frankfurt am Main geboren. Sie wuchs dort und in Chicago, Illinois, auf. 1998 erhielt sie einen Master of Fine Arts in »Writing and Poetics« von der Jack Kerouac School of Disembodied Poetics in Boulder, Colorado. Von 1996 bis 2003 arbeitete sie als Assistentin der amerikanischen Lyrikerin Anne Waldman. Seit 1996 Performances, Lyrik, Film, Theater, Tanztheater und Konzerte u.a.

mit Anne Waldman, Ethie Friend, Kairol Rosenthal, Seth Lepore, Ulrike von Ribbeck, Sülbiye Günar, Sabine von der Tann, Greta Granderath, Pablo Dacal, Daniela Seel, Alexander Gumz, Mathias Kom, Kat Frankie und Jason Levis. Mit ihrem Bandprojekt Susie Asado veröffentlichte sie vier Alben: »Hello Antenna« (2008 lolila), »Traffic Island« (2010 KOOKmusic), »Onward Aeropuerto« (2011 KOOKmusic) und »State of Undress« (2015 popup records). Und mit ihrer Band Touching Box »What Nothing« (2022 Reckless Yes).

Ann Cotten ist eien österreichischre Schriftstellerni und Übersetzerni mit US-amerikanischen Wurzeln, dier seit 2007 ganz oder teilweise in Berlin lebt. Sier benutzt »polnisches Gendering«, bei dem alle für alle Geschlechter nötigen Buchstaben ans Wortende kommen – nicht irritieren lassen. Cotten führt ab 2023 mit Sandro Huber und Gerd Sulzenbacher die Zeitschrift Triëdere für Theorie und Literatur fort. Am 1. April 2023 erscheint »Die Anleitungen der Vorfahren«, an der Diss. »Misuseability – Vorarbeiten zu einer Ästhetik, die auch für Tiere und Maschinen funktioniert« arbeitet sier noch.

Wolf Farkas ist Autor, Journalist, Kulturveranstalter, Singer-Songwriter. Seit 2019 Leitung der Presse- und Öffentlichkeitsarbeit des Berliner Instituts für empirische Integrations- und Migrationsforschung (BIM) an der Humboldt-Universität zu Berlin. Co-Founder von Blumenbar. Publikationen als Herausgeber: »Osten. In 26 Geschichten um die Welt« (2003), »Nachtleben Berlin« (2012). 2022 gründete er das Low-Fi-Soul-Projekt AndyAndAndy. Lebt in der Uckermark und in Kreuzberg.

Ok-Hee Jeong, Autorin, Übersetzerin, Journalistin und Filmemacherin, lebt und arbeitet in Berlin. Sie studierte Kunst und Koreastudien. Daneben spielte sie viele Jahre Theater für die Theaterpädagogische Werkstatt Osnabrück und realisierte eigene Theaterproduktionen als Autorin und Schauspielerin.

Leif Randt, *1983 in Frankfurt a. M., schreibt Prosa und Drehbuch. Auf die utopischen Romane »Schimmernder Dunst über CobyCounty« (2011) und »Planet Magnon« (2015) folgte in 2020 die Lovestory »Allegro Pastell«. Gemeinsam mit Jakob Nolte kuratiert er das Programm auf tegelmedia.net

Monika Rinck lebt in Berlin und Wien. Seit 1989 diverse Veröffentlichungen in zahlreichen Verlagen. Sie übersetzt, kooperiert mit Musiker:innen und Komponist:innen und unterrichtet Literarisches Schreiben an der Kunsthochschule für Medien in Köln. Im Frühjahr 2019 erschienen das Lesebuch »Champagner für die Pferde« im Fischer Verlag und der Lyrikband »Alle Türen« bei kookbooks, im Herbst 2019 folgte die Poetikvorlesung »Wirksame Fiktionen« im Wallstein Verlag sowie »Heida! Heide! He! Sadismus von irgend etwas Modernem und ich und Lärm! Fernando Pessoas sensationistischer Ingenieur Álvaro de Campos« bei Wunderhorn. Im Jahr 2020 hielt sie die Frankfurter Poetikvorlesung, 2021 erhielt sie den Berliner Literaturpreis. 2023 erscheint bei Spector Books ihr Band »Begriffsstudio 1-4.999«.

Saki Hibino, User-Experience-Designerin, Forscherin, Essayistin, Kunstkritikerin aus Gifu, Japan, lebt und arbeitet in Berlin. Sie beteiligt sich an Projekten in den Überschneidungsgebieten von Kunst, Design, Technologie und Ökologie. Dabei bringt sie verborgene Geschichten und Verbindungen zwischen scheinbar unverbundenen Gegenständen an die Oberfläche und bemüht sich um eine Übersetzung, die dem Publikum hilft, die daraus hervorkommenden, komplexen und mehrdeutigen Beziehungen und Ökologien wahrzunehmen. Saki hat eine internationale fachübergreifende Onlinekonferenz über »awai« (Dazwischensein) organisiert.

Anke Stelling, geboren 1971, wuchs in Stuttgart auf. Ab 1997 absolvierte sie ein Studium am Deutschen Literaturinstitut in Leipzig, das sie mit dem Diplom des Instituts abschloss. 2015 war ihr Roman »Bodentiefe Fenster« nominiert auf der Longlist des deutschen Buchpreises. Stelling ist Mutter von drei Kindern und lebt in Berlin, Prenzlauer Berg.

Zoran Terzić studierte Bildende Kunst in New York, widmete sich danach dem Schreiben. Promotion zum Dr. phil. 2006. Monografien: »Kunst des Nationalismus« (2006), »Idiocracy – Denken und Handeln im Zeitalter des Idioten« (2019), Zukunft: »Kunst des Ungewissen« (2021). Er lebt seit 2001 in Berlin.

Bildnachweise:

S. 7, 154 Collagen: © Cristóbal Schmal (Bearbeitung: Zoran Terzić)
S. 63, 64, 80, 83, 87 Zeichnungen und Fotos: © Ann Cotten und Saki Hibino
S. 145, 149 © Zoran Terzić

Dank an:

Lisa Buhl (Korrekturen), Catherine Eckenbach (Webdesign), Mathias Herrmann (Psyops), Sarah Frantz (Lektorat), Olivia Golde (Inspiration), Mely Kiyak (Special Reading Appearance), Jan Leipnitz (Special Drum Appearance), Stefanie Neubeck (Consulting), Birgit Heuer (Consulting), Christian Betz (Berlinaudio), Titus Neubeck (Best Boy Lichttechnik), Julia Rachuj (HKF), Jan Rehwinkel (Videodoku & Schnitt), Crístobal Schmal (Illustrationen), Matthias Schmidt (Sonderzahl), Béla Schwartz (Flyerdistribution), Daniel Tunnard (Übersetzung), Ina West (Special Electric Live Set), Sabine Zielke & Team (Volksbühne Berlin)

Inhalt

Herausgegeben von POEM
(Wolf Farkas, Ok-Hee Jeong, Zoran Terzić)

Lektorat: Sarah Franz
Textredaktion: Wolf Farkas
Bildredaktion: Ok-Hee Jeong, Zoran Terzić
Cover: Titelschrift von Cristóbal Schmal
Satz: Thomas Kussin / buero8
Druck und Bindung: Finidr

www.poemberlin.de

POEM dankt dem Hauptstadtkulturfonds
für die freundliche Unterstützung.

HAUPT
STADT
KULTUR
FONDS

ISBN 978 3 85449 635 9